Ernst von Wildenbruch

Die Karolinger

Trauerspiel in vier Akten

Ernst von Wildenbruch

Die Karolinger
Trauerspiel in vier Akten

ISBN/EAN: 9783743321991

Hergestellt in Europa, USA, Kanada, Australien, Japan

Cover: Foto ©Andreas Hilbeck / pixelio.de

Manufactured and distributed by brebook publishing software
(www.brebook.com)

Ernst von Wildenbruch

Die Karolinger

Die Karolinger.

———

Trauerspiel in vier Akten

von

Ernst von Wildenbruch.

Siebente Auflage.

———

Berlin, 1887.
Verlag von Freund & Jeckel.

Vorwort zur zweiten Auflage.

In die erfreuliche Nothwendigkeit versetzt, der ersten Aus=
gabe meiner „Karolinger" jetzt schon eine zweite Auflage folgen
zu lassen, fühle ich mich im Hinblick darauf, daß diese neue
Auflage gleichzeitig als eine theilweise neue Bearbeitung des
Stückes erscheint und einen von der früheren Fassung ab=
weichenden, nicht unerheblich veränderten Schluß aufweist,
denjenigen gegenüber, welche das vorliegende Drama in seiner
ersten Gestalt kennen gelernt und für dasselbe Interesse ge=
wonnen haben, zu einigen Worten der Erklärung veranlaßt.

Die Eigenartigkeit der dramatischen Dichtungsweise bringt
es mit sich, daß das Werk mit seiner Entstehung auf dem
Papiere noch nicht vollendet und abgeschlossen ist, sondern
erst in der Berührung mit der Bühne, unter der lebendigen
Mitwirkung der Zuhörerschaft zu voller Körperlichkeit sich
entwickelt.

Erst wenn er als Zuschauer unter Zuschauern die eigenen
Gestalten an sich vorüberwandeln sieht, ist der dramatische
Dichter in die perspektivisch richtige Entfernung von seinem
Werke gerückt, um prüfen zu können, ob sein dramatischer
Gedanke im Stande gewesen ist, sich einen dramatischen Leib
zu schaffen; das eigene Werk löst sich von ihm los und tritt
ihm wie ein fremdes gegenüber, und je mächtiger der in ihm
treibende dramatische Instinkt ist, um so energischer wird diese
Loslösung sich vollziehen.

Mit der Stunde der Aufführung, mit welcher das Pu=
blikum das Werk des Dramatikers für beendet hält, beginnt
daher für Letzteren, vorausgesetzt, daß er sich nicht am eigenen

Werke berauscht und daß er ein nicht nur für kurze Augen=
blicke blendendes, sondern auf fernere Zeiten hinaus wirkendes
Gebilde zu schaffen sich bestrebt, die eigentliche Thätigkeit,
denn mit dem Bewußtsein von den Unzulänglichkeiten seiner
Schöpfung wird ihm gleichzeitig das unabweisliche Bedürfniß
geboren werden, nachbessernd in das eigene Werk zu greifen,
um Alles, was an dramatischer Wirkungsfähigkeit in seiner Er=
findung schlummert, zu nachdrücklichstem Leben hervorzurufen.

Dieses Bedürfniß erscheint mir als ein so entscheidendes
Merkmal wahrhaft dramatischer Begabung, daß ich nicht
anstehe, zu behaupten, daß aus dem Maße der Schonungs=
losigkeit, mit welcher der Dichter sein eigenes Gebilde wieder
und immer wieder in die umgestaltenden Hände nimmt, ein
unmittelbarer Rückschluß auf das Maß seiner dramatischen
Fähigkeit überhaupt gezogen werden kann.

Nicht Willkür, sondern innerste drängende Nothwendig=
keit ist es daher gewesen, welche mich trieb, den Karolingern
denjenigen Schluß zu verleihen, mit dem sie jetzt vor das
Auge des Lesers treten. Durch das Gesagte aber hoffe ich
den Einwendungen derer begegnet zu sein, die geneigt sein
möchten, dem Dichter dieses unaufhörliche Ringen mit seinem
Stoffe als Schwäche auszulegen.

Diejenigen, welche so urtheilen, befinden sich im Irrthum;
es ist nicht Schwäche, denn nur derjenige, der das Feuer des
Prometheus in seiner Hand empfindet, darf es wagen, die
eigenen Gestalten zu vernichten, um neue, bessere an ihre
Stelle zu setzen.

Berlin, am 31. December 1881.

Ernst von Wildenbruch.

Personen.

Ludwig (genannt der Fromme), Kaiser der Franken.

Judith (Tochter Welf's), seine Gemahlin zweiter Ehe (etwa 34 Jahre alt).

Lothar, König von Italien,
Ludwig (der Deutsche), König von Bayern, } seine Söhne aus erster Ehe mit Irmengard, im besten Mannesalter.

Karl, Ludwig's und Judith's Sohn (etwa 16 Jahre alt).

Ebo, Bischof von Rheims.

Agobard, Bischof von Lyon.

Wala, Abt von Corvey.

Elisachar, Kanzler des Kaisers.

Matfried, Herzog von Orleans.

Hugo, Graf von Tours.

Bernhard, Graf von Barcelona.

Rudthardt,
Ottgar, } deutsche Große.
Humfried,

Hamatelliwa, eine Maurin.

Abdallah, ein alter Maure in Bernhard's Diensten.

Satilatlas,
Temin, } edle Mauren.

Frechulf, Hausmeister des Kaiserlichen Palastes.

Diener und Ritter. Drei Herolde.

Ort der Handlung: In den drei ersten Akten Worms. Im vierten Akt bei Colmar.

Zum ersten Male aufgeführt am Herzogl. Hoftheater in Meiningen am 6. März 1881.

Erster Akt.

(Scene: Ein geräumiger Saal in der Pfalz zu Worms. Thüren rechts und links. Die Hinterwand ist durch eine offene Säulenreihe gebildet, durch welche man in einen Garten hinausblickt, der die Tiefe der Bühne füllt. Stufen leiten aus dem Saale zum Garten hinunter. An den Wänden des Saales einige alterthümliche Stühle. Rechts ein Ruhebett.)

Erster Auftritt.
Hamatelliwa. Abdallah.

Hamatelliwa
(sitzt an einer der Säulen der Hinterwand zurückgelehnt. Ihre Augen sind geschlossen, sie bietet das Bild äußerster Erschöpfung).

Abdallah
(steht hinter ihr, düster auf sie niederblickend).

Hamatelliwa
(ohne die Augen zu öffnen).

Abdallah —

Abdallah.
Was begehrt Hamatelliwa?

Hamatelliwa (ebenso).
Sieh mich nicht an mit Deinen düsteren Augen,
Sie scheuchen von den Wimpern mir die Ruh'.

Abdallah.
Dein Auge ist geschlossen, und Du siehst?

Hamatelliwa (ebenso).
Durch die geschlossenen Augenlider fühl' ich
Wie kummervoll Du blickst.

Abdallah.
So geh' ich!

1

Hamatelliwa.

Nein!
(Sie öffnet die Augen und ergreift seine Hand.)
Wer bleibt der Tochter El Moheira's noch
Wenn auch Abdallah geht?

Abdallah.

Dann bleibt ihr Niemand —
Die weite Reise, die von Barcelona
Nach Worms uns führte, raubte Deine Kraft —

Hamatelliwa.

Worms nanntest Du die Stadt?

Abdallah.

Das ist ihr Name.
Hier ist der Hof des Christen-Kaisers Ludwig.

Hamatelliwa.

Wie weit von hier mag unsre Heimath sein?

Abdallah.

Wohl hundert Meilen sind's von Saragossa.

Hamatelliwa.

Wie dieser holde grüne Garten mich
An meines Vaters Haus erinnert. Vater,
Den ich verließ, um diesem Mann zu folgen —
O Bernhard, der Du wie ein Meteor
Am Himmel meines jungen Lebens aufgingst,
Warst Du ein Stern des Unheils!?

Abdallah.

Beim Allmächtigen —

Hamatelliwa.

Nein — Du Prophet des Zorns. — Du sahest ihn,
Als er am Tage nach der Mauren-Schlacht,
Verfolgt von meines Vaters grimmen Schwertern
Verzweifelnd kam in's Schloß, darin ich wohnte —

2

Abdallah.

Daß ihm zehntausend Damascener-Klingen
Den Weg versperrten in das stille Thal,
In dem die Tochter El Moheira's wohnte!

Hamatelliwa.

Blutdürstend griff nach ihm der Tod — Abdallah —
Du sahst ihn, wie er mir zu Füßen sank,
Mein zitternd Knie anpressend an sein Herz —
Und seine Augen, — weh' mir diese Augen —
Wie sie sich rollend, eine Welt voll Leid,
Flehend zu mir erhoben! Schuld und Sünde,
Daß ich ihn rettete vor meinem Vater!
Zwiefache Schuld — Abdallah, könnt' es sein,
Daß er vergäße was ich that für ihn?

Abdallah.

So lang wir reisten mied er Deine Augen —
Seit wir in Worms sind kennt er Dich nicht mehr.

Hamatelliwa.

Du Echo meiner stummen Sorgen, nein!

Abdallah.

Hamatelliwa, Tochter meines Herrn,
Mit der ich floh aus unsrem Vaterlande,
Weißt Du, warum ich solche schwere Schuld
Auf's graue Haupt mir lud? Weil ich Dich liebe
Wie man sein Kind liebt, nahe Dir zu sein,
Wenn Niemand nahe sein wird der Verlornen,
Wenn Dich der Christenhund verlassen wird.

Hamatelliwa.

Dann wär' das Blut in seinen Adern Gift!
Es kann nicht sein!

Abdallah.

       Es kann's, doch darf es nicht.
Hüte Dich, Bernhard, Graf von Barcelona,

Die Rose, die Du brachst in Spaniens Flur,
Hat einen Dorn nur, doch er heißt Abdallah.

Hamatelliwa.

O still —

Abdallah.

In sein Vertrauen bohrt' ich mich.
An jedem Tag ein hundertfacher Heuchler
Versteckt' ich unter Demuth meinen Haß,
Und er, der keinem seines Volkes traut,
Er traut auf mich. Er weiß, daß ich sie kenne
Die Pflanzen, deren Saft den Tod gebiert,
Er traut mir, wie der Schlangenbändiger
Der Klapperschlange, die er sich gezähmt.
Hüte Dich, Christ —

Hamatelliwa.

Still, grausenvoller Mann!
Nach Liebe dürst' ich, und Du giebst mir Rache?

Zweiter Auftritt.

Bernhard (kommt von rechts und bleibt in einiger Entfernung von den Vorigen stehen).

Bernhard.

Abdallah!

Hamatelliwa.

Horch die Stimme!

Abdallah (leise).

Es ist er.

(Abdallah tritt mit tiefer Verbeugung auf Bernhard zu.)
Was forderst Du, Gebieter?

Bernhard
(leise auf Hamatelliwa deutend).

Führ' sie fort
Zu den Gemächern, die ich Euch gewiesen.

7

Hamatellina (leiſe zu Abdallah).
Was ſagt er Dir?

Abdallah (eben ſo zu ihr).
Ich ſoll hinweg Dich führen
Zu Deinen Zimmern.

Hamatelliwa (zu Bernhard).
Währt der Augenblick
Da ich Dich ſehen darf nach langen Tagen
Dir ſchon zu lang?

Bernhard.
Wir ſind am Hof des Kaiſers.

Hamatelliwa.
Doch Du — biſt Du nicht Bernhard mehr?

Bernhard.
Ich bin's.
Allein der Kaiſer naht — es iſt nicht Zeit
Zu Liebeſtändeleien Barcelonas.

Hamatelliwa.
Was ſagſt Du, Bernhard? Liebeſtändelei?
War es ein Spiel, was mich von meinem Vater —

Bernhard.
Nein, es iſt Ernſt, was Dich und mich verband.
Meinſt Du, daß ich vergaß was Du gethan?

Hamatelliwa.
O ſprich noch einmal das geliebte Wort.
Nein — Du vergaßeſt nicht?

Bernhard.
Heißblütig Kind,
Ein jeder Pulsſchlag, der mir ſagt, ich lebe,
Mahnt mich an Dich.

Hamatelliwa.
O, Himmel Spaniens,

5

Tiefblauer, heißer, wahre mir sein Herz,
Daß es der fahle Himmel nicht erkalte,
Der hier herabsieht. O, geliebter Christ,
Nun geh' ich ruhig —

Bernhard.
Geh', Hamatelliwa.

Hamatelliwa.
Wie hold und süß von diesen fränk'schen Lippen
Mein Name tönt. — Abdallah laß uns gehn.

(Hamatelliwa, Abdallah nach rechts ab.)

Bernhard (allein).
O Liebe, du Betrügerin der Frauen. —
Gutherzig Kind, Du rettetest mein Leben,
Doch nicht in Barcelonas sonn'ger Flur
Gedenk ich's Dir am Herzen zu vertändeln.
Mein Leben ist mein Gut; ich will es mir
Zu einem Bau von Macht und Ehre thürmen.
Dein Werk ist abgethan; Du warst die Schwelle,
Hier sei die Werkstatt, hier am Hof zu Worms;
Dies Haupt der Meister, Werkzeug dieser Arm;
Maurin fahr' wohl — mir winken andre Sterne.

Dritter Auftritt.
König Lothar. König Ludwig. Hugo von Tours. Matfried von Orleans und andere **Großen** (treten aus dem Garten in den Saal ein).
Bernhard (mischt sich unbemerkt unter das Gefolge).

Lothar.
'nen Preis für den, der etwas ausersinnt,
Das diesen Tagen, die wie Greise schleichen,
Den gliederlahmen Stundenlauf beschwingt!
Wo ist der fromme Kaiser, unser Vater?

Hugo.
Mit Ebo ging er und mit Agobard,

Den Biſchöfen von Rheims und von Lyon,
Verſunken in Geſprächen.

Lothar.
Wette biet' ich —

Ludwig.
Wette, worauf?

Lothar.
Daß er im Pſalter Davids
Mit ſeinen beiden Heiligkeiten forſcht,
Wie man Beſchwornes unbeſchworen macht,
Wie man geſchmeidig das Gewiſſen macht,
Daß es die läſt'ge Feſſel des Verſprechens
Glatt von ſich ſtreife — wie man ſeinen Söhnen
Gelobtes Erbtheil kürzt.

Ludwig.
Auf Deinen Vater
Laß Deiner Worte gift'gen Regen ſprüh'n,
Doch von dem meinen will ich es nicht hören.

Matfried.
Eintracht, Ihr Herren, es verlangt's die Zeit.

Vierter Auftritt
Eliſachar (von links zu den Vorigen).

Lothar.
Wir werden ſehen was die Zeit uns bringt!
Hier kommt der Schreibe=Finger Kaiſer Ludwigs,
Kanzler Eliſachar.

Ludwig.
Ihr war't beim Kaiſer?

Eliſachar.
Ja, mein gnäd'ger Herr.

Matfried und Hugo,
Nun, was bespracht Ihr?

Elisachar.

Edle Herren, erlaubt —

Lothar.
Ja, diese Herren sind zu ungestüm.
Von Andrem laßt uns plaudern. Kanzler sagt,
Ihr wißt mit Pergamenten umzugehen —

Ludwig.
Wo führt das hin?

Lothar.

Wenn auf ein Pergament
Ich gestern schrieb, was heute mich gereut,
Wißt Ihr's, wie man sich Ruhe schafft dafür?

Elisachar.
Ist's weiter nichts, als nur ein Pergament,
Nun, so vernichtet man's.

Lothar.

Sehr wahr gesprochen.
Doch wenn es mehr ist als ein Pergament,
Wenn das Geschriebene festgeankert liegt
Mit heil'gem Eidschwur an dem Grund des Rechts,
Wie schafft man solch Versprechen aus der Welt?

Elisachar.
Kein redlich Mittel kenn' ich, Herr, dafür.

Lothar.
Und wenn zu Aachen Kaiser Ludwig einst
Sein Reich vertheilte unter die drei Söhne,
Die ihm die blonde Irmengard gebar —

Hugo.
Ja, Irmengard ist todt und Judith lebt.

Ludwig.

Doch ihre Söhne leben.

Matfried.

Judiths Sohn
Lebt auch.

Lothar.

Wenn er nach Worms den Reichstag dann beruft,
Rathſchläge hält mit Geiſtlichen und Herrn —
Welch' Mittel ſann er aus, ich will es wiſſen,
Daß ihn zu Worms der Eidſchwur nicht mehr hält,
Der ihn zu Aachen band? Liegt dieſes Worms
Auf anderem Planeten denn als Aachen?
Gilt hier ein ander Menſchenrecht als dort?

Eliſachar.

Schmäht Euren Vater nicht, ſein weiches Herz
Ringt bitterlichen Kampf, von zwei Gewalten
Heiß angefallen: An dem Tag zu Aachen
Vertheilt' er unter Euch das Reich der Franken
Und „Amen" ſchrie das Volk, „ſo ſoll es ſein"

Hugo.

Auf ewig ſoll es ſein, ſo rief das Volk.

Eliſachar.

Auf ewig, ja, Geſprochen war das Wort,
Doch Irmengard ging hin und Judith kam.

Lothar.

Fluch ſei dem Tage!

Eliſachar.

Und ſtatt dreier Söhne
Zählt Kaiſer Ludwig vier.

Lothar.

Und dieſer Vierte
Er iſt zu viel!

9

Ludwig.

Wahr ist's. Wo Raum für drei ist,
Da ist nicht Platz für vier.

Elisachar.

Doch Kaiser Ludwig,
Wie er Lothar, Pipin und Ludwig liebte,
So liebt er Karl.

Lothar.

Unwahr gesprochen, Kanzler,
Den Nachgebornen liebt er mehr als uns.

Ludwig.

Und Karl zu Liebe will er neu vertheilen?

Lothar.

Kanzler Elisachar, Ihr seit ein Mann,
Der Ludwigs Herz, dies große Meer der Launen,
Oefter befuhr und besser kennt als wir —
Welche der Stimmen wird in seiner Brust
Die Macht behalten: Ehre, Pflicht und Recht?
Oder das lüstern buhlende Geflüster
Erhitzter Sinne?

Elisachar

Nennt Ihr so die Liebe,
Die er zu Judith hegt?

Lothar.

Geht mir mit Liebe!
Ein alter Mann bei einem jungen Weib —

Ludwig.

Sprich nicht von unsrem Vater so, ich will nicht.

Lothar.

Welche der Stimmen? sagt!

Elisachar.

Ich weiß es nicht.

Ludwig.

So wär' es möglich —

Elisachar.

Aber dieses weiß ich,
Daß wer ein Schwert im Frankenreiche trägt
Und wer den Krummstab führt der heil'gen Kirche,
Ihm sagen wird: bleib Deinem Worte treu.

Lothar.

Ist das gewiß?

Elisachar.

Ich kenne die Gemüther
Von Volk und Geistlichkeit; es ist gewiß.

Lothar.

Dann steht es gut.
Wohlan, Ihr fränk'schen Herren,
Ihr wart dabei, als er auf unsre Häupter
Die Kronen der drei Königreiche setzte.
Soll nun die Tochter Welfs, die kecke Judith,
Zerbrechen unsre Kronen und die Zacken
Hinwerfen in den Schooß dem Buben Karl?

Hugo.

So lang ich lebe nicht!

Matfried.

Sie soll es nicht!

(Bernhard, der bisher schweigend unter den Uebrigen gestanden hat, geht in den
Hintergrund und dann nach dem Garten ab.)

Lothar.

Wohlan — hier stehen die Söhne Irmengards
Wer ist für sie?

Alle.

Wir Alle!

Lothar.

Wer für Judith?

(Tiefe Stille.)

11

Ludwig.

Wer war der Herr, der eben uns verließ?

Elisachar.

Wen meint Ihr, König Ludwig?

Ludwig.

Ein Gesicht,

Das ich noch nie am Hof des Kaisers sah.

Lothar.

Ich gab nicht Acht; er ging?

Ludwig.

Ja, eben jetzt,

Da Du die Herren frugst: wer ist für uns.

Lothar.

So laßt uns sehn —

(Geht auf den Garten zu.)

Fünfter Auftritt.

Karl (aus dem Garten zu den Vorigen).

Lothar.

Ah — seht, welch' ein Besuch.

Karl
(geht auf Lothar zu).

Ich grüße Euch, mein Kaiserlicher Bruder.

Lothar
(streckt ihm die Hand zum Kusse entgegen).

Ich grüß' Dich, Karl, — Wie nun? —

Karl (tritt zurück).

Dem Bruder brauch' ich nicht die Hand zu küssen!

Lothar.

O hört doch, wie die Mutter aus ihm spricht.

Ludwig.

Er ist nicht schuld, daß er geboren wurde,
Quäle ihn nicht.

Lothar.

Die Augen aus dem Kopf
Laß ich Dir stechen! Sage, Bruder Karl,
Was meinst Du zu der Kutte eines Mönchs?

Karl.

Ich will kein Mönch sein.

Lothar.

Ueberlege Dir's.
Die Welt ist voll Gefahren. Schwerter giebt es,
Die sich verirren.

(Er tritt auf ihn zu und blickt ihm in die Augen.)

Denke, welch' ein Schade,
Wenn sich in diese hellen jungen Augen
Stahlspitzen tauchten.

Karl

(weicht vor ihm zurück, ihn entsetzt anblickend).

O, mein Bruder Ludwig —

Sechster Auftritt.

Judith (aus dem Garten zu den Vorigen. Bei ihrem Eintritt entsteht eine peinliche Stille, während sich Alle ehrfurchtsvoll verneigen).

Judith (zu Lothar).

Ihr seid bei Laune, Kaiserlicher Sohn,
Ihr scherzt mit Eurem Bruder, wie ich hörte.

Lothar.

Euer kluger Geist, wie immer, Hohe Mutter,
Traf ganz die Sache.

Karl (zur Mutter gewandt).

Heiß' ihn anders scherzen!
Mir graust vor seinen Scherzen!

Judith (leise zu Karl).

Thörichter —

(zu den Andern)
Verzeiht ihm — er ist jung.

Karl (flüsternd).

Hör' was er sprach!

Judith (hastig, leise).

Still — sprich kein Wort!

Karl (ebenso).

Aus meinem Haupt die Augen —

Judith.

Ich weiß — sei stumm!

(Sie geht mit Karl bis in den Vordergrund der Bühne und bleibt mit ihm, den
Rücken gegen die Anderen gewendet, stehen, so daß ein Zwischenraum zwischen ihnen
entsteht. Lothar unterhält sich flüsternd mit den Anderen, Ludwig blickt stumm auf
die Gruppe vorn.)

Ludwig.

Wie steht es mit der Jagd?
Wir wollten jagen.

Lothar.

Ja, wir wollen jagen.

Ludwig.

Nun, Bruder Karl, gehst Du mit uns zur Jagd?

Judith.

Geht, bitt' ich, heute ohne ihn zur Jagd,
Ich hab' ein Wort mit meinem Sohn zu sprechen.

Ludwig.

Wie Ihr es wünscht.

Lothar (zu Judith).

Erhabene Frau Mutter,
Wir nehmen Urlaub.

14

Judith.

Geht mit Gott, Ihr Herren.
All' meine Wünſche folgen Euch.

Lothar.

Wir wiſſen
Und danken Eurer Gnade — kommt Ihr Herren.
(Alle verneigen ſich ehrerbietig vor Judith, welche ihren Gruß leicht erwidert und
gehen nach dem Garten ab).

Judith

(bleibt unbeweglich ſtehen, bis daß der Letzte aus dem Saale iſt, dann öffnet ſie die
Arme und umarmt Karl, während ſie in leidenſchaftliche Thränen ausbricht, die ihr
zuerſt die Sprache rauben).

Ihr Sterne meines Troſt's, geliebte Augen,
Euch will er blenden! Kind und Kindeskinder,
Verdirb ihm, Gott, wenn Du gerecht Dich nennſt!
(Karl weint.)
Nicht weine Knabe, laß die Mutter weinen,
Sie iſt ein Weib, Du aber biſt ein Mann,
Du haſſe ihn!

Karl.

Ich wollt' ihn lieben, Mutter,
Doch warum haßt er mich?

Judith.

Nicht lieben ſollſt Du!
Ein Tiger iſt er, Tiger liebt man nicht!
Komm, laß mich Deine ſüßen Augen küſſen —
In dieſe Augen ſeine Stachel bohren —

Karl.

Nicht er alleine, alle dieſe Männer,
Sie Alle haſſen mich. Für welche Schuld?

Judith.

Daß Du geboren wardſt, iſt Deine Schuld,
Daß Du zum Vater einen Kaiſer haſt,
Doch keinen Mann, das iſt Dein Unheil, Karl!
Verlaſſ'ner Sohn — unglücklich Du wie ich,

15

Und dennoch glücklicher als Deine Mutter,
Dir lebt ein Herz, in diesem Busen schlägt's,
An das Du flüchten kannst in Deiner Noth —
Doch ich — in diese böse Welt gestoßen —
Gekrönt mit Ehren, die mein Leid verhöhnen —
Weib eines Mannes, der mich nicht beschirmt —
Bin ich nicht Fleisch und Blut? Ich brauche Menschen,
Und wilde Thiere lagern um mich her!
Im Zwinger leb' ich! — Still — der Kaiser naht —
Glätte dich, Stirne, lächle Angesicht —
Lächeln ist der Gekrönten bittere Pflicht.

Siebenter Auftritt.

Kaiser Ludwig. Ebo von Rheims. Agobard von Lyon. Wala von Corbey. (Treten auf von links.)
(Judith und Karl sinken beim Eintritt des Kaisers in die Kniee.)

Ludwig (die Knicenden betrachtend).

Seht, welch' ein Bild. — Liebreizende Gemahlin,
Erhebt Euch, kommt, ich biet' Euch meine Hand.
(Er reicht ihr die Hand).

Judith (erhebt sich, ebenso Karl).

Erhabener Kaiser —

Ludwig.

Nein, von diesen Lippen,
Die heute noch in gleicher Blüthe prangen
Wie damals, als ich sie zuerst geküßt,
Laßt meinen Namen zärtlicher ertönen. —
Wie geht es meinem süßen Sohne Karl?

Judith.

Es geht ihm wohl, mein gnädiger Gemahl,
Wenn ihn sein Vater liebt.

Ludwig.

O dann mein Sohn,
Geht es Dir wohl. Glaubst Du, daß ich Dich liebe?

16

Karl (küßt seine Hand).

Ja, gnäd'ger Vater.

Ludwig.

Ihr geliebten Beide —
Ihr strengen Männer, seht den Knaben an:
Ist dieses Haupt nicht ganz so königlich
Wie meiner andern Söhne?

Judith.

Ja, das ist's!

Ebo.

Wir wissen wohl —

Judith.

Das Blut in seinen Adern
Stammt aus dem Quell, aus welchem seine Brüder
Das ihre tranken. Judith, Tochter Welfs,
Ist schlechter nicht als Irmengard es war!

Agobard (zu Ludwig).

Mein gnäd'ger Herr, wir hören, was wir wissen,
All' dies ist uns bekannt und wohl erwogen. —

Ludwig.

Und dennoch heischt Ihr, daß ich diesem Jüngsten
Unväterlich das Theil der Aelt'ren weigre?

Ebo.

Ihr seid nicht nur der Vater Eurer Söhne,
Ihr seid der Kaiser, Herr, des Frankenreichs,
Das heißt, der Vater vieler Millionen —

Judith.

Doch zwischen ihm und diesen Millionen
Ward nicht das heilig große Band geschürzt
Wie zwischen ihm und diesem seinem Sohn,
Sie sind nicht seines Bluts —

Agobard.

Erhabene Frau,
Dies hier ist Reiches Sache.

Judith.

Meine Sache
Geht vor: es ist die Sache der Natur!

Ludwig.

Geliebtes Weib, seid ruhig; glaubt, mein Herz
Spricht so für Euch und unsern theuren Sohn,
Daß es unnöthig ist —

Judith.

O, mein Gemahl,
Ich weiß, des Weibes Stimme ist verbannt
Von da, wo staatsklug Männer sich berathen,
O, mein Gemahl, den Worten jener Männer
Leiht Euer Ohr — doch Eures Weibes Worten
Leiht Euer Herz, denn aus dem Herzen kommt es:
Der Ruf des Sohnes ist es an den Vater,
Der große Schrei der Menschheit an das Recht.

Wala.

Wer nimmt sein Recht dem Knaben?

Judith.

Diese dort;
Und wenn Ihr diesen Beiden zustimmt, Ihr,

Wala.

Beim Himmel, Ihr sprecht kühn.

Judith.

Und Ihr, beim Himmel,
Ihr sprecht nicht fein zu Eurer Kaiserin!

Wala.

Nun solches —

Ludwig (zu Judith).

Nein — seid nicht zu hitzig, Liebe.
(Zu Wala)
Denkt, werther Abt, sie spricht für ihren Sohn.
(Zu Karl)
Geh', Karl, mein Sohn, dies hier ist nicht für Dich.
(Karl durch die Mitte ab.)

Judith.

Und weil ich's thue, darf er kühn mich schelten?
Wer darf zum Sohne sagen, du thust Unrecht,
Wenn er vom Vater, der ihm Leben gab,
Den Boden heischt, auf dem er leben kann?

Wala.

Wer nimmt den Boden ihm? Noch einmal frag' ich.
Gebt Eurem jüngsten Sohne, Kaiser Ludwig,
Soviel an Land und Lehen als er braucht,
Daß er der Erste sei der Fränk'schen Edlen —
Doch König sei er nicht.

Judith.
Ah!

Ludwig (zu Judith).

Laßt — ich bitte.

Wala.

Ich saß im Rathe Eures Vaters, Kaiser.
Im Namen denn des allgewalt'gen Karl,
Der von der Ostmark, wo die Slaven hausen,
Bis an die Küsten, die der Ocean
Dumpf brandend anspült, baute dieses Reich,
Und der es trug auf dem granitnen Nacken,
Zerbrecht das heil'ge Reich der Franken nicht.

Ludwig.

Gott schütze mich — Ihr meint, daß ich zerbräche —

Wala.

Es ward getheilt; noch einmal theilen heißt
Zerspalten dieses Reiches große Einheit.

Ludwig (zu Judith).

Wie dünkt Euch, Liebe?

Judith.

Nein — er räth Euch falsch.

Wala.

Tollkühne Frau, so meistert Ihr den Willen
Des großen Karl?

Judith.

Der große Karl ist todt,
Doch mein Sohn lebt, und mit ihm lebt sein Recht.
Er soll Vasalle seiner Brüder sein?
Kraft welches Rechtes?

Wala.

Kraft des Rechtes, Weib,
Das Ihr nicht ändern sollt, der Erstgeburt.
Kaiser, es drängt die Zeit, trefft Eure Wahl:
Dort Euer Weib, mit wilder Seele eifernd
Für ihren und den Vortheil ihres Sohns,
Hier Wala's schneebedecktes Haupt, und drunter
Ein Wunsch, ein Ziel: das Heil des Frankenreichs.

Ludwig.

Wie von zwei Seiten Ihr mein Herz zerreißt.

Wala.

Entscheidung, Herr; der Reichstag endet morgen,
Auf Euren Lippen ruht das große Wort,
Das Frieden birgt und Krieg: haltet den Schwur,

Und friedlich rollt das heil'ge Reich der Franken
Den großen Lauf in's Meer zukünft'ger Zeit;
Zerbrecht den Eid — und pflanzet die Zerstörung,
Neid, Gift und Haß in Euer eignes Haus.

Ludwig.

Wer soll den Eid verletzen, den er schwur?
Und wer ein Herz zerbrechen, ein geliebtes?

Wala.

Besser, ein Herz gebrochen, als ein Eid!
Entscheidet Euch: bleibt's bei dem Schwur zu Aachen?

Ludwig.

Es kann nicht anders sein, geliebte Judith.
O — seht mich nicht mit solchen Augen an,
Dies Wort zerreißt mich ganz so sehr wie Euch —
Ich kann nicht anders theilen, als ich theilte.

(Judith zuckt auf; dann steht sie stumm und starr da.)

Wala.

Gesegnet seid für dieses Wort.

Ebo und Agobard.
Gesegnet!

Wala.

Kommt, Kaiser Ludwig — folgt uns zur Kapelle,
Tragt Euer Herz vor Gott, und wenn sie singen
„Frieden auf Erden", dann erhebt das Haupt,
Denn Frieden schenktet Ihr der Christenheit.

Ludwig.

So gehen wir. — (zu Judith) O tröstet, Theure, Euch,
So reichlich statt' ich unsern Knaben aus —

(Er wendet sich mit Wala, Ebo und Agobard zum Abgehen nach links, in demselben Augenblick kommt)

Achter Auftritt.

Bernhard (durch die Mitte zu den Vorigen, geht auf Ludwig zu und läßt sich auf ein Knie nieder).

Ludwig.
Wer naht uns hier?

Bernhard.
Ich grüße meinen Kaiser.
Bernhard bin ich, der Graf von Barcelona!

Ludwig.
Der Graf der Span'schen Mark?

Bernhard.
Den Ihr zum Pförtner
Am Pyrenäen=Felsenthor bestellt.

Ludwig.
Ich wähnt' Euch kämpfend mit den Saracenen?

Bernhard.
Der Kampf ist aus! Der dunkle Wüstensturm
Er ist gebrochen — rückwärts bis Toledo —

Ludwig.
Sie sind besiegt?

Bernhard.
Sie sind es, gnäd'ger Herr,
Durch Gottes Gnade und durch Bernhards Schwert.

Ludwig.
O hört ihr Herr'n, die große Freudenbotschaft!
Ach, wackrer Streiter für die Christenheit,
Gebt uns Bericht nachher — doch dies sogleich:
Von heute seid Ihr Kämmerer des Reiches.

Bernhard.

In Ehrfurcht dank' ich meinem gnäd'gen Herrn.

Ludwig.

Kommt zum Gebete; Dank gebühret Gott
Für solche Gnade.
(Im Abgehen zu Judith)
Folgt uns, meine Liebe.

Ludwig, Wala, Ebo, Agobard (ab nach links) Bernhard
(ist ihnen bis an die Thür gefolgt, dann bleibt er stehen und schließt hinter ihnen).
Judith (hat den Abgehenden den Rücken gewandt, so daß sie Bernhard nicht
gewahrt).

Judith.

Nicht zur Kapelle will ich! Nicht zu Gott!
Du danke ihm, daß er Dir Männer sendet,
Die Dich, Du halber Mann, zum ganzen machen.
Muth — Hoffnung — Leben — nun lisch aus, lisch aus!
Denn was soll Muth, dem keine Hoffnung leuchtet?
Und was soll Leben, dessen Zweck dahin?
(Sie wirft sich verzweifelnd, das Haupt in den Kissen bergend, auf das Ruhebett.)
Der Hirsch bekämpft den Hirsch für seine Hindin —
Das Weib des Menschen nur ist ausgestoßen
Aus dem Gesetz der liebenden Natur.
Mönchische Lehre stampft mit rohen Füßen
Das Weib in Staub! O Welt der Feiglinge,
Die sich verschwören wider eine Frau!
So viele tausend Männer und kein Mann!

Bernhard
(tritt auf sie zu und wirft sich vor dem Ruhebett nieder).
Hier ist er, den Ihr sucht und der Euch hilft!

Judith (richtet das Haupt auf).
Seid Ihr nicht jener Graf von Barcelona?
Was wollt Ihr? Hebt Euch auf.

23

Bernhard.

Nein, laßt mich knie'n
Vor dieser schmerzgebrochenen Gestalt,
Vor diesen Augen, die in Thränen schwimmend,
Mich anschau'n — ein verletztes Götterbild —

Judith (richtet sich mit dem Leibe auf).

Was soll mir dieser Ueberfall? Was wollt Ihr?

Bernhard.

Euch dienen will ich!

Judith.
Mir?

Bernhard.

Und Eurem Sohn,
Dem ich, zum Trotz den Söhnen Irmengards,
Zur Krone helfe!

Judith (springt auf).

Sagt mir wer Ihr seid!
Wenn ich vertraute — doch ich traue nicht!
Sie schicken Euch! Zeig' mir das Netz, Verräther,
Das Du um meine Füße schlingen willst!

Bernhard (erhebt sich).

So schwör' ich denn bei Gott —

Judith.

Schwört nicht bei Gott,
Denn Eid und Meineid hört er schweigend an,
Doch etwas ist in Euch — — Ah — wenn Ihr täuscht

Und so mich fangt, dann brecht den Ritterschild,
Denn keine Kaiserkrone deckte jemals
Die unermeff'ne Schande solchen Siegs!

Bernhard.

Bei meiner Seele denn — o, meine Herrin —
Herz, Leib und Leben geb' ich Euch zum Pfand —
Nicht heut' zum ersten Male seh' ich Euch.

Judith.

Ihr saht mich schon?

Bernhard.

Am Tage war's, zu Straßburg,
Als nach dem Tod der blonden Irmengard
Ludwig der Kaiser sich die schönste wählte
Von all' den schönen Franken-Jungfrauen —

Judith.

Ihr wart dabei?

Bernhard,

Ich war es, und ich sah
Den holden Kranz von blüh'nder Frauen Schönheit —
Doch da kam Eine — und ein staunend Flüstern
Lief durch die Reihen — und mein knirschend Herz
Schrie auf zum Himmel: Alle laß ihn wählen,
Nur diese nicht! Nicht Judith, Tochter Welfs —
Und unter Allen wählte Ludwig Euch! — —

Judith.

Euer Herz ging hohen Gang.

Bernhard.

Den Gang des Blutes,
Das edel ist wie das des Karolingers!
Wilhelm erzeugte mich, Graf von Toulouse.

25

Und also raubte mir der Karolinger,
Kraft des Verdienst's daß er geboren ward
Als Sohn des Kaisers —

Judith.

Wißt Ihr, was Ihr redet?

Bernhard.

Ja, denn ich weiß, was ich gefühlt! Er gab Euch,
Was ich nicht geben konnte, eine Krone,
Doch was er nicht zu geben Euch vermocht,
Das hatte ich! O Herrin meiner Seele,
Viel tausend Tage gingen hin seitdem;
Viel tausend Mal vom Purpurstrahl des Abends
Sah ich geküßt das Haupt der Pyrenä'n —
Allein ihr Antlitz voller Majestät
Nie glich's dem wonneholden Angesichte,
Das tieferglüh'nd in bräutlich süßer Scham
Zu Straßburg sich vor Kaiser Ludwig neigte.
Und während Ihr zum Bett des Kaisers gingt,
Trug ich mein Herz wie einen wunden Adler
Hinunter in den Saracenenstreit!
Nicht für dies Reich, nicht für die Christenheit
Rang ich mit ihnen wüthend Jahr um Jahr —
O Weib, in dessen Leid mein Herz dahinsiecht —
Hier lieg' ich vor Euch (wirft sich auf die Knie) — geht nun
hin zum Kaiser,
Sagt ihm, was ich gesagt —

Judith.

Ich könnt' es thun —
Doch wenn ich schwiege?

Bernhard.

Dann seht diese Hand
Und dieses Alles, Mannheit, Kraft und Muth,
Bereit zu Eurem Dienst, ersehnte Frau.

Judith.

Tödtliche Schuld ist jedes dieser Worte —
Verbrecher, wer sie spricht, und Freblerin,
Wer ihnen lauscht! Ich weiß — dies war die Sprache,
Die in der Menschheit unbewachter Stunde
Vom Sündenbaume der Versuchung klang —

Bernhard.

Nein, warum quälen solche Bilder Euch?

Judith.

Ein Bangen giebt's, dawider hilft kein Muth:
Das Bangen vor uns selbst.

Bernhard.

       Für Euren Sohn,
So glaubt' ich, wollt Ihr kämpfen?

Judith.

       Karl, mein Sohn —
Soll ich mich Euch vertrauen?
       Nicht vom Himmel,
Nicht von der Sterne sanftem Friedenslicht
Stammt Eure Gluth —

Bernhard.

       Herrin, vertraut Euch mir.

Judith.

Sei's Himmelslicht, — sei's wilde Höllenflamme,
Berather meiner Noth, o, seid mir treu,
Wie ich mich Euch vertraue. — Hier das Pfand.
    (Sie streckt ihm die Hand zu).

Bernhard (springt auf).

O, Hand — wie aus dem Alpenschnee geformt
Und heiß durchglüht vom Purpurquell des Lebens;
Gestalt der Wonne, Antlitz meiner Luft,

Nun fesselt uns ein königlich Geheimniß
Und also weih' ich den verschwieg'nen Bund.
(Er küßt ihre Hand)
Ihr zittert?

Judith.

Ja — weil Ihr von Weihe spracht.

Bernhard.

Nein, unsern Feinden bleibe Angst und Zittern!
Für uns Triumph! Mag dieses Frankenreich
Zerkrachen unter unserem Schritt; das ist
Gesetz der Welt: was morsch ist, das zerbricht.
Stellt Wächter auf die Zinnen Eures Hauses,
Ihr Karolinger! In den Pyrenäen
Hebt sich ein Wetter — — langsam stieg's herauf;
Schnell wird es wandeln — Schicksal heißt sein Lauf.

Der Vorhang fällt.

Zweiter Akt.

Erster Auftritt.

Diener stellen auf der Erhöhung zwei Thronsessel und zu Füßen der Erhöhung rechts und links davon je einen Halbkreis von Stühlen auf, so daß man vom Zuschauer aus in den geöffneten Kreis hinein sieht. Sie schwatzen und lärmen bei der Arbeit.

Erster Diener (zum zweiten).

Du willst mich Saracenen kennen lehren?
Wenn ich Euch sage, daß ich sie geseh'n.

Zweiter.

Also wie sah'n sie aus?

Erster.

    Wie sah'n sie aus —
Gesichter gelb wie Quitten.

Dritter.

    Das trifft zu.

Erster.

Bart, Haar und Augen — alles teufelschwarz,
Und auf dem Kopfe solch' ein rundes Ding —
Wie nennt man's —

Zweiter.

Turban?

Erster.

    Richtig — einen Turban.

Dritter.

Nun, Saracenen sind's — es ist kein Zweifel.
Du sahst sie?

Erster.

Ja, ich sah' sie alle beide,
Als ich heut Morgen an dem Thor der Pfalz
Beim Pförtner saß — mein Vetter, wie Ihr wißt.

Zweiter.

Was woll'n die Heiden?

Erster.

Wie der Pförtner meint,
Mein Vetter, sind's Gesandte.

Dritter.

Sind wir Heiden,
Daß man uns solche Heiden schicken darf?

Erster.

Sie fragten nach dem Graf von Barcelona
Und dann nach unserm Könige Lothar.

Zweiter Auftritt.

Frechulf (der während der letzten Worte von links zu den Vorigen gekommen ist).

Frechulf.

Was schwatzt Ihr da! Wollt Ihr an Eure Arbeit!
Heil'ger Eustach, der Lohn für meine Sünden,
Daß solche Schufte meine Knechte sind!
(Alle Diener ab nach links.)

Frechulf (ruft dem ersten Diener nach).

Du da — was schwatztest Du von zwei Gesandten —

30

Erster Diener.

Zwei Mauren, ganz gewiß, ich sah sie selbst,
Die nach Lothar, dem König, fragten.

Frechulf.

Fort.

(Erster Diener hinter den Anderen ab.)

Dritter Auftritt.

Matfried von Orleans. Hugo von Tours (von links).

Matfried.

Kämm'rer des Reiches — wie gefällt Euch das?

Hugo.

Ganz so wie Euch — Ihr könnt's danach bemessen.

Matfried.

Die Karolinger waren Kämmerer
Der Merovinger, und sie wurden groß,
Heut in den Schlund des Pyrenäenwolfes
Geben sie selbst ihr Haupt.

Hugo.

Die Karolinger?
Der alte Ludwig thut's — doch, Gott sei Dank,
Er ist nur Einer —

Matfried.

Und die Anderen?

Hugo.

Die Anderen werden schlagen, wenn man schlägt.

Frechulf

(der sich bis dahin mit den Stühlen zu schaffen gemacht hat, tritt heran).

Gestrenger — wollt verzeih'n!

31

Matfried.

Wer ist der Mann?

Hugo.

Der treue Frechulf; nun was giebt's, mein Wackrer?

Frechulf.

Die Knechte sagen von zwei Saracenen,
Die heut als Boten kamen für Lothar.

Hugo.

Ha, das ist eine Botschaft von Pipin.

Matfried.

Was? Von Pipin?

Hugo.

Ihr sollt sogleich erfahren —
(Zu Frechulf)
Wo sind sie?

Frechulf.

Herr, ich hab' sie nicht geseh'n.

Hugo.

Geh gleich, sieh zu, ob wahr ist, was man sagt,
Und siehst Du sie, bring' augenblicks Bescheid.

Frechulf.

Immer zu Euren Diensten.
(Ab nach links.)

Hugo.

Das ist wichtig.

Matfried.

Was ist das mit Pipin?

Hugo.

Matfried, Ihr wißt,
Um was es sich beim heut'gen Reichstag handelt.
Abrede ist getroffen mit Pipin:

32

Wenn heut' der alte Ludwig thöricht ist
Und heut' noch einmal theilt zu Gunsten Judith's,
So dringt Pipin, der mit den Aquitaniern
Nicht eine Stunde Wegs von Worms mehr steht,
In diese Pfalz — wir greifen Kaiser Ludwig
Sammt Judith und dem Buben —

Matfried.

Gut erdacht!

Doch Ludwig, hört' ich, läßt es bei der Theilung?

Hugo.

So wollt' er — doch von gestern bis zu heute
Ist grad' so weiter Weg als wie vom Wollen
Bis zum Vollbringen.

Matfried.

Und die Boten, denkt Ihr —

Hugo.

Sie bringen, der Verabredung gemäß,
Die Nachricht, daß Pipin bereitet steht.

Matfried.

Doch Mauren? Sollt' er Mauren schicken?

Hugo.

Freilich.

Er kann von seinen Leuten keinen senden,
Will er Verdacht nicht wecken; wer kommt da?

Vierter Auftritt.

Bernhard und **Abdallah** (von rechts zu den Vorigen).

Matfried (leise zu Hugo).

Der Pyrenäenwolf.

Hugo.

So laßt uns geh'n.

(Beide links ab, sich kalt mit Bernhard begrüßend.)

Bernhard (ihnen nachblickend).

Wenn Blicke tödten könnten, wär' ich todt.

(Zu Abdallah)

Die Mauren sind bei Dir?

Abdallah.

In meinem Zimmer
Kehrten sie ein, weil sie bei Hofe fremd.
Zwei Boten El Moheira's.

Bernhard.

Führ' sie vor.

Abdallah (öffnet die Thür rechts).

Der Kämm'rer wartet Eurer — tretet ein.

Fünfter Auftritt.

Satilatlas, Temin (von rechts zu den Vorigen).

Bernhard.

Wir, denk' ich, sah'n uns schon?

Satilatlas.

Ihr sah't uns, Herr,
So oft Ihr an des Ebro grünen Ufern
Das Saracenen=Banner flattern sah't.

Bernhard.

Satilatlas?

Satilatlas.

So nannte mich mein Vater.

Bernhard (zu Temin).

Und Euer Name, edler Herr?

Temin.

Temin.

34

Bernhard.

Euch sendet El Moheira.

Satilatlas.

Wißt Ihr's schon?

Bernhard.

Und da ich's weiß, so glaub' ich auch den Grund
Zu kennen, der Euch führt: Hamatelliwa.

Satilatlas.

Jawohl, das ist der schmerzensvolle Grund.

Temin.

Gebt sie uns wieder, Graf von Barcelona.
Das ist es, was der Emir uns befahl.

Bernhard.

Ei — er befiehlt? Es scheint mir richtig, Herr'n,
In Bitte den Befehl zu übersetzen.

Satilatlas.

Wohlan, er giebt sein Recht als Vater auf,
Der Emir bittet, gebt sein Kind zurück.

Bernhard.

Ihr wißt, daß ich Hamatelliwa liebe,
Und mitten in das Herz der Christenheit
Schickt El Moheira seine Boten mir
Mit solcher Ford'rung? Euer Emir baut
Auf meinen Rittersinn.

Satilatlas.

Er ist bereit,
Die Tochter auszulösen, nennt den Preis.

Bernhard.

Was? Preis? Soll ich für Gold und Silber
Mein Herz verkaufen?

Temin.

Christ, mich freut dies Wort,
Birgt es gleich wenig Gunst für unsre Wünsche.

Satilatlas.

Ward El Moheira's Tochter Euer Weib?

Bernhard.

Sie ward es nicht.

Satilatlas.

So ward sie — beim Propheten —
Doch davon nichts. — Sie ward die Eure nicht,
So blieb sie ihres Vaters — gebt sie wieder.

Bernhard.

Ward sie gleich nicht mein Weib, so ward sie mein
Und bleibt bei mir.

Satilatlas.

Ist's Euer letztes Wort?

Bernhard.

Ja, Maure.

Satilatlas.

Nun wohlan, so sind wir fertig,
Zu betteln hieß uns El Moheira nicht.

Temin.

Doch seid gewiß, Herr Graf von Barcelona,
Wir rechnen nach.

Bernhard.

Nur nicht so stolz, Ihr Herren;
Denkt, wo Ihr seid; des Kämm'rers guter Wille
Schützt Euer Leben — Kämmerer bin ich.

Satilatlas.

O Herr, Ihr irrt; uns schützt wohl noch ein Andrer.

Bernhard.

Wer wäre das?

Temin.

Lothar, des Kaisers Sohn,
An den wir Botschaft haben.

Bernhard.

Botschaft? Was?
Botschaft von wem?

Satilatlas.

Vom Könige Pipin.

Bernhard.

Ich bin der Kämm'rer; Botschaft für Lothar
Ist auch für mich — sagt mir —

Satilatlas.

Nein, edler Herr —
Ausdrücklich wurde Weisung uns gegeben,
Nur an Lothar —

Bernhard.

Nennt Eure Botschaft mir
Und Euer soll Hamatelliwa sein.

Temin.

Versprecht Ihr das?

Bernhard.

Bei meiner Ritterehre.

Satilatlas.

Nun, so erfahrt: als auf dem Weg hierher
Wir bei Lyon die Rhone überschritten,
Da stießen wir auf's kriegerische Lager,
In dem der Aquitanierkönig lag.
Er heischte unser Reiseziel zu wissen,
Und da er's hörte, gab er für Lothar
Uns diese Botschaft: Alles ist bereit;

37

Ich bin vor Worms zum festgesetzten Tag,
Und halte Euch das Netz — schafft Ihr die Fische.

Bernhard.

Schafft Ihr —

Temin.

So sagt' er, wir verstanden nicht.

Bernhard (für sich).

Doch um so besser ich.

Satilatlas.

Ihr wißt es nun.

bt Ihr das Mädchen?

Bernhard.

Ja, doch Eines noch:

Ihr sollt die Botschaft an Lothar bestellen;
Doch jetzt noch nicht, nicht ohne mein Geheiß.
Ich werde Euch bestimmen, wann und wo.

Satilatlas.

Wo soll's gescheh'n?

Bernhard.

Vor Kaiser und vor Reich.

Temin.

Das, fürcht' ich, widerspricht dem Willen
König Pipin's.

Bernhard.

Was kümmert Euch Pipin?

Diese Bedingung stell' ich.

Satilatlas und Temin
(berathen sich einen Augenblick leise).

Satilatlas.

Gut — es sei;

Ihr laßt uns rufen?

38

Bernhard.

Ja, bis dahin wartet.
(Satilatlas, Temin ab nach rechts.)

Bernhard (zu Abdallah).

Geh' jetzt — doch sei gewärtig meines Winks,
Wenn ich sie brauche — nun, was blickst Du so?

Abdallah.

Vergieb mir, Herr — Du willst Hamatelliwa —

Bernhard.

Zum Vater schicken, hast Du nicht gehört?

Abdallah.

Ich gab nicht Acht — so hab' ich recht gehört.
(Ab nach rechts.)

Bernhard (allein).

Mit seinem Heerbann rückt Pipin auf Worms. —
Haupt werde fruchtbar, zeuge mir Gedanken,
Verdoppelt, Thaten, Euren Sturmesschritt.
Er hält das Netz — ah' wart', in Deine Netze
Spring' ich hinein, daß Euch die Maschen reißen!
Nun soll's ein Krachen geben durch die Welt,
Wenn ich dies Band der Karolingerfreundschaft,
Dies klägliche, mit meinen Händen fasse
Und so und so in die vier Winde reiße.
Lothar — Pipin, ei seht, Ihr muth'gen Füllen
Im Wurm=zerfressenen Karolingerstall
Schlagt Ihr so muthig aus? Seid auf der Huth,
Der Pyrenäenwolf steht vor der Thüre.

Sechster Auftritt.

Rudthardt. Ottgar. Humfried und **andere Deutsche Herren**
von links zu dem **Vorigen.**

Bernhard (für sich).

Die Stunde naht — hier kommt bereits der Vortrab;
(Laut) Ich grüß' Euch, edle Herrn.

39

Rudthardt (leise).

Wer ist der Herr?

Ottgar (ebenso).

Kennt Ihr ihn nicht? Das ist der neue Kämmrer.

Rudthardt.

Nun Herr, Gott grüß' Euch; und da Ihr's vermögt,
So laßt den Reichstag heut zu lang nicht dauern.

Bernhard.

Dem Kaiser meld' ich Eure Pünktlichkeit.
(Mit höflicher Verneigung nach links ab.)

Rudthardt.

Ein art'ger Herr.

Ottgar.

Er kommt von Spanien drunten,
Es ist der Graf von Barcelona.

Humfried.

Der?

Der mit den Saracenen focht?

Ottgar.

Der ist es.

Rudthardt.

Ein gutes Schwert nach Allem was man hört.

Ottgar.

Und gar kein Freund der Franken, wie man sagt.

Rudthardt.

Das lohne ihm der heil'ge Bonifaz.
(Sieht sich um.)
Dies also sind die Schranken des Turniers,
Wo Irmengard und Judith streiten sollen?

Siebenter Auftritt.

Matfried von Orleans. Hugo von Tours und **andere Franken**
(von links zu den Vorigen).

Hugo (zu Matfried).
Als hätte sie der Boden eingeschluckt.
Ich fand sie nicht.

Matfried.
Vielleicht war's nur Geplauder.

Hugo (zu Rudthardt und den Andern).
Was sagen diese Herr'n zum neuen Kämm'rer?

Rudthardt.
Von Paderborn ist's weit nach Barcelona.

Hugo.
Was meint Ihr mit dem Worte?

Rudthardt.
Daß wir Schlechtes
Von ihm so wenig je gehört als Gutes.

Ottgar (zu Rudthardt).
Sie hofften eine andre Antwort.

Rudthardt.
Möglich;
Und darum eben gab ich ihnen diese.

Matfried (zu Hugo).
Laßt diese deutschen Büffel. Ah — gebt acht!

Achter Auftritt.

Von links kommen; **Chorknaben** — dann die Bischöfe **Ebo** und **Agobard** — und der Abt **Wala** — dann **Ludwig, Judith** links neben ihm — dann **Lothar Ludwig, Karl** — dann **Bernhard** — dann wieder **Chorknaben.**

(Kaiser Ludwig tritt mit Judith auf die Thron-Erhöhung; Bernhard hinter beide. Die Chorknaben schreiten singend rund um die Bühne.)

Chorknaben.

Der Du flammend in der Wolke
Zeigtest Israel den Pfad,
Neige Dich dem Frankenvolke,
Gieb ihm Weisheit, schenke Rath —

(Die Chorknaben stellen sich so daß sie den Hintergrund rechts und links abschließen. Alles setzt sich.)

Bernhard

(steigt herab, tritt auf die unterste Thronesstufe, das Gesicht zur Versammlung).

Im Namen Kaiser Ludwigs frag' ich Euch,
Seid Ihr versammelt hier zu rechtem Reichstag?

Alle (sich kurz erhebend und gleich wieder setzend).

Das sind wir.

Bernhard.

Kamt Ihr zu dem Tag des Kaisers
Ohne Gefährde? Friedlich?

(Immer langsamer sprechend)

Ohne Waffen?
Ohn' bösen Willen, freis Wort zu hindern
Durch eigne Macht — oder die Macht von Anderen,
Die Ihr bewaffnet wißt zu Eurem Dienst?

Lothar

(wendet sich hastig und unwillkürlich zu Matfried und Hugo, die hinter ihm sitzen).

Die Frag' erfand er! Weiß er von Pipin?

Matfried (ebenso).

Unmöglich.

Hugo (leise).

Still nur.

Alle (sich wie oben erhebend).

Also kommen wir.

Ludwig.

Ehrwürdig Denkmal unsres alten Reiches,
Abt von Corvey, thut diesen Edlen kund
Den Zweck und Grund, warum wir sie beriefen.

Wala (erhebt sich).

So preis' ich Gott, daß ich zu froher Botschaft
Die Lippen heut' den Franken öffnen kann:
Ihr wißt, daß Karl, des Kaisers jüngster Sohn,
Den Judith ihm, die Tochter Welf's, gebar,
Zu seinen Jahren kam. Das Herz des Kaisers
In schwerem Kampfe mit dem Vaterherzen
Wog hin und her, ob er des Reiches Theilung,
Die er am Tag zu Aachen festgesetzt,
Zu Gunsten seines jüngsten Sohnes ändere.
Doch Gott erleuchtete sein Haupt und hieß ihn
Dem Kaiser heut' den Vater unterordnen.
Dies ist der Wille Ludwig's unseres Herrn:
Drei Kronen sollen sein, doch viere nicht
Im Frankenreich. Lothar, Pipin und Ludwig,
Sie sollen Erben sein des großen Karl.
So ward's beschworen an dem Tag zu Aachen —
Erhebt Euch denn, gebt Euren Willen kund,
Soll dies bestätigt sein am Tag zu Worms?

(Alles erhebt sich, die fränkischen und die deutschen Großen theilen sich in zwei
Gruppen und treten in flüsternder Berathung zusammen.)

Ludwig (nach einer kleinen Pause).

Wenn Ihr berathet, sprecht.

Matfried.

Ja, wir beriethen.

Wir heißen gut den Rathschluß unseres Herrn
Und wie er theilte an dem Tag zu Aachen,
So bleibe es beschworen und getheilt.

Rudthardt.

Eh' wir entscheiden wünschen wir zu wissen,
Wodurch entschädigt man den jungen Karl
Für den Verlust?

Wala.

Durch reichliche Verleihung
Von Gut und Lehn für seinen Hausbesitz.

Rudthardt.

Zwar ist es altes Recht bei unseren Vätern,
Daß jüngster Sohn gleich ält'stem Sohne erbt;
Doch, weil der Kaiser selber so entschied
Und weil es gut ist für des Reiches Einheit,
So sagen wir: die Theilung bleibe steh'n.

Wala.

Einmüthiger Beschluß!

Agobard und Ebo.

Einmüthig; ja!

Matfried und Hugo.

Heil sei den Söhnen Irmengard's!

Die Franken.

Heil ihnen!

Judith
(die bis dahin starr und ohne Lebenszeichen gesessen hat).

Verlangt Ihr, daß ich länger bleibe, Herr?

Ludwig.

Geliebte, bleibt. — Nicht solchen Ruf, Ihr Herr'n,
Er mahnt an alte Schmerzen der Parteiung.

Wala.

Nein — nichts von Hader jetzt und nichts von Streit.
O Sohn des Himmels, wundervoller Friede,
Durchwandle nun die Gauen dieses Reichs,
Und wer an diesem hohen Freudenfeste

Noch eigne Schmerzen leidet, geh' zu dem
Und zeige ihm das Antlitz Deiner Schönheit
Und sprich: Du leidest — doch Du bist ein Einz'ger,
Die Leiden Deines Herzens sind der Preis,
Der für Millionen Glück und Heil erkaufte.

Ludwig (zu Judith).
Er spricht zu Deinem Trost.

Judith.
Ich höre es.

Ebo und Agobard.
Der Reichstag ist beendet. Heil dem Kaiser.

(Freudige Bewegung. Alle drücken sich wechselseitig die Hände. Dann sammeln sich
die Chorknaben, um nach links abzugehn, wie sie gekommen.)

Chorknaben (singend).
Der Du flammend in der Wolke —

Bernhard.
Chorknaben halt! Verstumme der Gesang!
(Chorknaben schweigen.)
Der Kämm'rer hat zu künden, ob der Reichstag
Beendet ist.

Matfried.
Worauf denn wartet Ihr?
Er ist's.

Bernhard.
Der Reichstag ist noch nicht beendet.
(Allgemein staunende Bewegung.)

Ludwig.
Was ist noch, Herzog?

Bernhard.
Dieses, gnäd'ger Herr:
Ungültig ist, was hier beschlossen ward.

Lothar.
Ungültig, was das ganze Reich beschloß?

45

Bernhard.

Ja, denn dem Reichstag ward Gewalt gethan. —

Matfried.

Durch wen?

Hugo.

Durch wen?

Bernhard.

Durch Euch, die Ihr mich fragt!

Lothar.

Das lügst Du, Elender!

Matfried.

Er lügt!

Hugo.

Er lügt!

Matfried

(wirft den Handschuh zu Bernhard's Füßen).

Ich fordre Urtheil nach dem Recht der Franken.
Hier liegt mein Handschuh.

Hugo (desgleichen).

Und der meine hier.

Lothar.

Ich trete ein für diese edle Herrn.

Bernhard (zu Lothar).

Braucht Euer Anseh'n für Euch selber, rath' ich,
Ihr werdet's brauchen.

Ludwig der Deutsche.

Welch ein Ton ist das?

Lothar.

Was untersteht sich dieser Herr von gestern?
Welch giftig lauernde Verdächtigung
Verbirgt in Euren Worten sich?

Bernhard.

Verbirgt sich?

Nun denn, Ihr wollt, so sollt Ihr's deutlich haben:
König Lothar, auf dessen Haupt die Krone
Italiens prangt — und Ludwig, dessen Stirn
Die Bayernkrone schmückt — auf Eure Häupter
Schleud'r' ich Anklage.

(Allgemeiner Tumult.)

Kaiser Ludwig.

Herzog —

Wala.

Du Verläumder!

Bernhard.

Und klag' Euch an, daß Ihr auf meine Frage
Falsch Antwort gabt; daß vor der Pfalz von Worms
Ein Heer für Euch in Wehr und Waffen steht,
Bereit, das Recht der Söhne Irmengard's
Mit Waffen Eurem Vater abzutrotzen,
Wenn er zu Gunsten heute Karl's entschied.

Kaiser Ludwig.

Ist Wahrheit dies?

Bernhard.

Sagt nein, wenn Ihr es dürst!

Ludwig der Deutsche.

Nein!

Lothar
(mit dem Fuße aufstampfend).

Nein!

Bernhard.

Ah — nun mit einem einz'gen Wort
Zerschmett'r' ich Euer keckes „Nein" — Pipin!

Kaiser Ludwig

Was soll es mit Pipin?

47

Bernhard.

Mein Herr und Kaiser,
Ward Euer Sohn Pipin zum heut'gen Tag
Nicht eingeladen?

Kaiser Ludwig.

Nun, ich denke so.
Und ich erstaune, daß er nicht erschien.

Bernhard.

Fragt Euren ält'sten Sohn, er wird Euch sagen,
Warum er nicht erschien.

Kaiser Ludwig.

Lothar — mein Sohn,
Was weißt Du von Pipin?

Lothar.

Mein Herr und Vater —
Hier stehe ich, Dein Selbst, Dein Blut, Dein Sohn,
Und dort ein Knecht, aus Deiner Gunst geboren,
Und aufgeschossen wie ein giftig Kraut,
Reiß' ihm das Wort vom Mund!

Wala.

Thut es, o Herr
Schenkt diesem Manne, der sich wie ein Wolf
Auf dieses Tages heil'gen Frieden stürzt,
O schenkt ihm kein Gehör!

Bernhard.

Ehrloser Priester!
Herr, meine Klage steht gleich einem Thurm,
Beweise schaff' ich Euch für meine Worte.

Kaiser Ludwig.

Könntet Ihr das —

Rudthardt.
Beweis!

Alle.
Er soll beweisen!

Bernhard (ruft nach dem Hintergrunde).
Führt die Gesandten El Moheira's vor.

(Ein Ritter nach rechts ab.)

Kaiser Ludwig.
Wenn dieses Mannes Worte sich bestät'gen —
O, meine Söhne — Saracenen? Wie?

Neunter Auftritt.

Satilatlas. Temin (von rechts zu den Vorigen).

Bernhard.
Ja, Saracenen, doch so echte Ritter,
Als jemals fochten in der Christenheit.

Matfried (zu Hugo).
Die Mauren — Fluch und Tod.

Hugo.
O, das wird schlimm.

Bernhard.
Mein Herr und Kaiser, diese edlen Mauren,
Sie haben Botschaft; wollt Ihr es erlauben,
Daß sie des Auftrags sich entledigen?

Kaiser Ludwig.
Für wen ist Eure Botschaft?

Satilatlas.
Für Lothar,
Den König von Italien.

Kaiser Ludwig.
Und von wem?

Satilatlas.
Vom Aquitanierkönige Pipin,
(allgemeine Bewegung)
Den vor zehn Tagen wir am Strom der Rhone
Im Lager fanden.

Kaiser Ludwig.
Meldet Eure Botschaft.

Satilatlas (zu Lothar).
Herr, also hieß uns Euer Bruder sprechen:
„Ich bin vor Worms am festgesetzten Tag,
„Und halte Euch das Netz — schafft Ihr die Fische."
(Große stürmische Bewegung.)

Kaiser Ludwig.
Fluchwürd'ger Hohn! Das mir von meinen Söhnen?

Wala.
Ein Wort nur Herr —

Kaiser Ludwig (erhebt sich).
Mein Herz steht in mir auf
Und sieht mich mit den Augen meines Jüngsten
Vorwurfsvoll an. — Karl, mein geliebter Sohn,
Komm' an mein Herz, das Unrecht will ich sühnen,
Das ich Dir that.
(Karl erhebt sich, tritt zum Vater)
Und hier aus meinem Herzen
Stoß' ich Euch aus, Euch Beide, fort mit Euch!
Heim nach Italien, Du, der Wall der Alpen
Thürme, Lothar, sich zwischen Dir und mir,
Und Ludwig, heim zur Donau!

Ludwig der Deutsche.

Vater!
Du thust mir Unrecht!

Kaiser Ludwig.

Brut der Unnatur.
Ihr küßt des Vaters Hand, so lang' sie schenkt
Und beißt hinein, wenn sie zu schenken aufhört!

Ludwig der Deutsche.

Ha, schnödes Unrecht!

Lothar.

Bruder Ludwig, laß,
Man rechtet nicht mit Kindern und mit Greisen.

Kaiser Ludwig.

Aus meinen Augen, gottverlassener Sohn!

Wala.

Allmächt'ger Gott, erbarme Dich der Franken!
Gedenkt, o Herr, was Ihr zu Aachen schwurt!

Bernhard.

Was geht uns Aachen an! Wir sind in Worms!
Des Reiches einst'ge Theilung ist zerrissen
Durch den Verrath der Söhne Irmengard's.

Lothar.

Sprich das ein einzig Mal noch —

Bernhard (winkt).

Krone her!
Mit Händen sollt Ihr meine Antwort greifen!

(Von rechts ein Ritter, welcher eine goldene mit bunten Steinen besetzte Krone auf
purpurnem Kissen trägt.)

Bernhard (nimmt ihm Kissen und Krone ab).
Dies Kleinod riß ich, Herr, im Maurenstreit
Vom Haupte des gekrönten Saracenen.
Erweist mir Gnade, nehmt es zum Geschenk
Und krönt damit das Haupt des jungen Karl.

Lothar.
Kaiser, Du nimmst sie nicht!

Ludwig der Deutsche.
            Bedenk' Dich, Vater!

Kaiser Ludwig
Gebt mir die Krone her.

Lothar und **Ludwig.**
            Nein — wir verwehren's!

(Stellen sich zwischen Bernhard und die Thronesstufen.)

Judith (steigt vom Throne herab).
Laßt seh'n ob Ihr auch mir zu wehren wagt.
Herzog, die Krone.

Bernhard (reicht ihr die Krone, leise).
            Königliches Herz.

Lothar.
Ah! wär't Ihr etwas andres als ein Weib —
            (Tritt mit Ludwig zurück.)
Besorgt für Kaiser Ludwig eine Spindel
Und aus dem Flachs macht seinem Weib 'nen Bart!

Judith (zu Bernhard).
O Mann und Held — Bernhard, Du hast gesiegt.
(Sie ersteigt mit der Krone den Thron.)

Kaiser Ludwig (nimmt ihr die Krone ab).
Knie' nieder, Karl.

Wala (stürzt sich vor dem Kaiser nieder.)
                    Hört mich in letzter Stunde
Zum letzten Mal! Hütet Euch vor der Krone
Und vor der Hand, die Euch die Krone reicht!
Mir sagt mein Herz —

Bernhard.
                    Ein Narr mit Eurem Herzen!
Wo zielen Eure gift'gen Worte hin?
Wen meint Ihr, Abt?

Wala.
                    Dich mein' ich, Du Verderber!
Noch sehe ich die düstre Quelle nicht,
Die Deinen Eifer nährt —

Bernhard.
                    Spart Euch die Mühe,
Und laßt's genug sein mit der Litanei!
Hört nicht auf diesen Schwätzer, Herr und Kaiser,
Krönt Euren Sohn.

Wala.
                    Noch nicht, o Herr, noch nicht!
                (Tritt auf Bernhard zu.)
Arm kam ich in die Welt, arm werd' ich geh'n,
Ein Gut nur hatte ich, es war das Reich
Des Großen Karl, das Du mir heut zertrümmerst,
                (Legt die Hand auf Bernhards Schulter)
Sieh mir in's Angesicht und schwöre, Bernhard,
Daß Du dies Alles, was Du heute thatest,
Daß Haß Du sä'test zwischen Kind und Vater,
Zwieträchtig machtest Kaiser und Vasall,
Schwör', daß Du's that'st aus Absicht reinen Wollens,
Aus Treue nur für Ludwig, Deinen Herrn.

Kaiser Ludwig.
Laßt es genug sein.

Lothar, Ludwig, die Franken.
Schwören! Er soll schwören!

Bernhard (erhebt die Rechte).
So schmett're mich der Donner Gottes nieder
Und tilge mich hinweg von diesem Fleck,
Wenn Falschheit wohnt in meinem Eid' — ich schwör's!

Judith.
Was sagt Abt Wala nun?

Wala.
Er — hat — geschworen. —
(Bricht auf den Thronesstufen zusammen.)

Kaiser Ludwig.
Auf Deine Kniee, Karl.
(Karl kniet vor dem Kaiser.)
Blickt her, Ihr Alle,
So heb' ich ihn aus Staub und Niedrigkeit
Zu gleichem Recht empor mit seinen Brüdern —
(Setzt ihm die Krone auf's Haupt.)
Und so steh' auf als König.

Lothar.
Büberei!
Ah! Du scheinheiliger, gleißnerischer Graubart!

Bischof Ebo.
Um Jesus, denkt, Ihr sprecht zu Eurem Vater!

Lothar.

Dort predigt Buße, wo man Eide bricht!
Komm, Bruder Ludwig, kommt, Ihr Edlen alle,
Sein männlich Angesicht erhebt der Zorn,
Nichts von Versöhnung mehr, Partei! Partei!

Ludwig der Deutsche.

Ja gegen diesen ungerechten Vater
Wird Unnatur Gebot; empor das Banner
Und unser Recht!

Die Franken
Für Ludwig und Lothar!

Bernhard.

Rebellen Ihr vom Ersten bis zum Letzten,
Ist Keiner, der für seinen Kaiser steht?

Rudthardt.
Heil Kaiser Ludwig!

Die Deutschen.
Für den Kaiser wir!

Ludwig der Deutsche.
Bedenkt Euch, deutsche Herr'n!

Rudthardt.
Es ist bedacht,
Treulos undankbar pflichtvergess'ne Söhne!

Lothar.

Nichts mehr zu diesen, und in diesen Staub,
Den scheidend ich von meinen Füßen schütt'le,
Tret' ich hinunter jedes letzte Band,
Das zwischen mir und diesem Vater war!

❧ Die Karolinger. ❧

Wala (stürzt auf Lothar zu, ihm zu Füßen).

Geht nicht, Lothar, die heilige Natur
Wirft jammernd sich zu Euren Füßen nieder
Und fleht Euch an, laßt ab von diesem Streit!

Ludwig der Deutsche.

Natur ist todt, nur Eins noch ist geblieben:
Auf unsrer Seite steht das gute Recht!

(Lothar, Ludwig, die Franken stürmisch links ab.)

Wala.

Weh', Reich der Franken, wehe, großer Karl!

(Er sinkt in die Arme der Geistlichen.)

Der Vorhang fällt.

Dritter Akt.

(Ein Saal, durch deffen offene, von Säulen gebildete Hinterwand man in den mond-
schein-beleuchteten Garten sieht. Links, von einem Vorhang nach rechts und gegen den
Hintergrund abgeschlossen, ein Ruhebett. Thüren rechts und links. Eine Leuchte giebt
schwaches Licht.)

Erster Auftritt.

Karl (liegt schlafend auf dem Ruhebett). **Judith** (sitzt neben ihm, ihn in Gedanken
betrachtend; sie trägt einen dunklen, von Haupt zu Füßen niederwallenden Schleier).

Judith.

Schlaf, trauter Sohn; nicht scheuchet mehr Gefahr
Den süßen Schlummer fern von Deinem Lager.
Auf dieser Stirn, umduftet und umweht
Vom Fittige der Jugend, lastet nicht mehr
Der dunkle Schatten der Rechtlosigkeit;
Der königliche Tag ist angebrochen.

(Sie erhebt sich und beugt sich über ihn.)

In dieses Antlitz schrieb mit tiefen Zügen
Natur das Zeugniß, daß Du Ludwig's Sohn —
Und das Gesetz des angestammten Blutes
Hält klammernd Dich an ihn. — Sei Leibeserbe,
Doch Erbe seiner schwachen Seele nicht.
O, könnt ich Deinem Geist den Vater geben,
Ich wüßte, Karl, wen ich für Dich erwählte. —
Du, König nicht, doch aus dem Löwenmark
Entsprossen, das die Könige gebiert —
Bernhard — —sprich leise diesen Namen, Herz,
Daß er nicht töne in den Traum des Sohnes.
Ihr wilden Ströme, die in diesem Busen
Aufbrandend steigen, wo ist Euer Ziel?

57

Zweiter Auftritt.

Bernhard (in Mantel und Barett, kommt aus dem Garten heran).

Judith
(durch den Bettvorhang verhindert ihn zu sehen, horcht).

Horch — wessen Gang? Geräuschlos wie der Wille —
Und jeder Schritt das Denkmal einer That. —

Bernhard (tritt in den Saal).

Judith.
(geht ihm entgegen, nachdem sie rasch den Vorhang vor Karl gezogen).

O Gott, er ist's! —

Bernhard.

Ich bin's, geliebtes Leben,

(auf sie zu, streckt ihr die Arme entgegen)

Warum erschrickst Du? —

Judith (weicht zurück).

Bernhard, gieb mich frei —

Bernhard.

Dich zu befreien, Judith komm' ich her! —
Pflicht ist ein Wort, das Menschen sich erfanden,
Natur war längst geboren vor der Pflicht,
Und dies ist ihre Stunde. — Glanzgestirn,
Das meinem Tage leuchtend, in der Nacht
Mit süßem Lichte mir emporsteigt, Judith —

(er nimmt sie in die Arme.)

Judith.

O, leise — wecke nicht den Schläfer auf.

Bernhard.

Dort hinter'm Vorhang? Karl?

Judith.

Dort hinter'm Vorhang —
Wenn er vernähme, Bernhard, wenn er sähe —

58

Bernhard.

So säh' er heute das, was sich der Welt
Dereinst im Lichte offenbaren soll.
O, dies Geheimniß ist ein Knechtsgewand
Für unsrer Herzen königlichen Bund.
Soll unsre Liebe ewig wie ein Bettler
Almosen heischen von der blinden Nacht?

Judith.

Flieg' nicht so wild, Du ungestümer Adler —
Kann ich Dich anders lieben als geheim?
Du stolzes Herz, ist es Dir nicht genug,
Wenn Du mich siehst, vom Sturm, den Du entfachtest,
In Deine Arme willenlos getrieben?
Laß mich zerschellen nicht an Deiner Brust.

Bernhard.

Doch dies ist nur der Anfang unsres Glücks.
Sprich, Judith — wenn das Hinderniß nicht wäre,
Das zwischen uns sich drängt, das unsre Liebe
Zu schmählicher Verborgenheit verdammt —

Judith.

Das Hinderniß?

Bernhard.

Ja, — dies grauhaarige,
Das seiner greisen Tage dürft'gen Rest
Auf Borg vom Leben hat —

Judith.

Um Gott — was sinnst Du?

Bernhard.

Glück sinne ich, das Deiner werth und meiner!
Wir leben einmal nur auf dieser Erde;
Nur einmal einen Willen sich und Kräfte
Und sagen uns: gebrauche, wir sind da,

Ein Stümper, wer aus diesem Leben geht,
Das halb er kostete, die andre Hälfte
Zur Beute lassend schwachgesinnten Thoren,
Sprich — wenn Du frei wärst —

Judith.

O — bei diesem „wenn“
Erstarrt mein Herz — sag' mir, furchtbarer Mann —

Bernhard.

Nein, laß mich schweigen, wenn mein Wort Dich schreckt,
Doch dieses eine sage: liebst Du mich?

Judith.

Wenn Liebe ist, was so in dunklen Tiefen,
Aus Widerstreben und allmächt'gem Drang,
Aus Scheu geboren wird und aus Bewunderung —
O dann —

Bernhard.

Und wenn — ich sage nicht, es wird —
Wenn jenes Eine fehlte, das uns scheidet,
Weib meines Lebens — wär'st Du mein?

Judith (flüsternd).

Ich glaube.

Bernhard (küßt sie).

O dies „ich glaube“ wandle dieser Kuß
Zum Zauberwort des großen Glückes, ja.

Judith.

Hinweg von hier — mir däucht, er regte sich —

Bernhard.

Siehst Du den Garten, der uns schattend winkt?
Der Wangen Gluth erlischt in seinem Dunkel —
Geh' in den Garten, bitt' ich, harre mein.

Judith.

Und Du bleibst noch? und wenn er nun erwacht?

Bernhard.

Er soll erwachen, denn ich weck' ihn selbst.

Judith.

O Du, vor dem sich Schrecken und Gefahren
Wie zahm geword'ne Tiger niederbeugen,
Ist's Schuld, die mich zu Deinem Herzen reißt,
So ist es Sünde, der kein Weib entginge,
Die Dich geseh'n!

Bernhard.

Im Garten find' ich Dich. —

(Er führt Judith bis an den Ausgang des Saales, Judith kehrt noch einmal hastig um.)

Judith.

Sag' mir noch Eins: — Du schwurest einen Eid —

Bernhard.

Erschreckt Dich das?

Judith

Wie konntest Du ihn schwören? —
Denn schwurst Du wahr, so hintergingst Du mich,
Und schwurst Du falsch, wie soll ich Dir vertrau'n?

Bernhard.

Kraft meiner Liebe sollst Du mir vertrau'n.

Judith.

Und fürchtest Du nicht Gott?

Bernhard.

Holdsel'ge Thörin,
Man fürchtet nur den Gott, an den man glaubt.

Judith (nach dem Hintergrunde ab).

Bernhard (tritt an das Fußende des Lagers).

Heut' Morgen ward er König — und er schläft. —
Knabe, Du hast zuviel von Deinem Vater,
Zu wenig von der Mutter stolzem Geist.
Karl — ganz und gar in Schlafes Banden — Karl!

Karl (erwacht).

Mutter, bist Du's?

Bernhard.
Nein, König, nicht die Mutter.

Karl (richtet sich auf).

König? — Ja so — Schlaf macht mein Auge trübe —
Wer bist Du? Wie? der Graf von Barcelona?
Ich grüße Euch — doch warum brecht Ihr so
In's friedliche Gehege meines Schlafs?
So in der Nacht?

Bernhard.
Was gilt hier Tag und Nacht?
Die Zeit, in der wir leben, hat das Fieber,
Die Stunden rollen wie empörtes Blut,
Und fern am dunkel nächt'gen Firmamente
Zuckt die Gefahr.

Karl.
Gefahr? Wem dräut Gefahr?

Bernhard.
Seltsame Frage; Ludwig und Lothar
Sind bei Pipin. Muß ich Euch mehr noch sagen?
(Schlägt den Mantel auseinander, zeigt auf's Schwert).
Seht Ihr dies Schwert? Ich selber halte Wache
Und Rundgang heute in der Kaiserpfalz;
Befürchtend jede Stunde und Minute —

Karl.
Befürchtend? Was?

Bernhard.
Das Mordgeschrei zu hören,
Wenn sich Pipin mit seinen Aquitaniern
Auf Euch und Eure Mutter stürzt!

Karl (erhebt sich).

So schlief ich
Arglos an des Verderbens Schwelle — Herzog,
Denkt nicht, ich bitte, daß ich furchtsam sei,
Wenn Ihr mich schaudern seht. — Ihr hieltet Wacht —
Reicht mir die Hand — Ihr mögt es unklug schelten,
Wenn ich Euch sage, was ich sagen muß —

Bernhard.

Was müßt Ihr sagen?

Karl.

Bis zu dieser Stunde
War etwas in mir — nein, ich bitte, zürnt nicht —
Das mir verwehrte ganz Euch zu vertrau'n.

Bernhard.

O junger Fürst, die Luft geht scharf und rauh
Auf jenen Höhen, wo die Throne steh'n.
Freundschaft ist eine Blume, die im Thale,
Nicht auf der Menschheit strenger Höh' gedeih't.
Euch seßle Liebe nicht und nicht Gefühl.
Glaubt dem Gefühle nicht, es ist ein Maler,
Der falsch die Dinge schildert. Der Verstand
Sei Euch Genosse — er allein betrügt nicht.
Les't jedem Herzen seine stummen Wünsche
Und jedem Auge seine Ziele ab;
Und wo Ihr Vortheil seht, der mit dem Euren
Verschwistert geht, von gleichem Feind bedroht,
Wie Euer Vortheil, da vertrauet Euch.

Karl.

Ihr malt mir diese Welt mit düsteren Farben.

Bernhard.

Die Wirklichkeit führt eine rauhe Sprache,
Wer mannbar werden will, muß sie verstehn.
Der Kaiser, Euer Vater, Herr, ist alt.

Karl.

Alt? Nun bei Gott, ich dachte nie daran.

Bernhard.

Ihr seit der Letzte heut' von Euren Brüdern,
Stirbt Euer Vater, seid Ihr vogelfrei,
Und Kampf mit Euren Brüdern Euer Leben.
Und wenn Ihr siegt, was ist der Preis des Sieges?
Ihr werdet König, Kaiser wird Lothar.
Ein König neben größrem Könige,
Was ist er anders als ein großer Knecht?

Karl.

Wahr — allzuwahr.

Bernhard.

     Nun denn, statt dieses Lebens,
Unköniglich, unmenschlich, unfruchtbar,
Hört, was ich biete.

Karl.

     Was könnt Ihr mir bieten?

Bernhard.

Herrschaft für Knechtschaft, Ehre für Gefahr:
Wollt Ihr der Kaiser sein des Frankenreichs?

Karl.

Was sagt Ihr mir?

Bernhard.

     Was ich zu halten denke.

Karl.

Könnt' es denn möglich sein?

Bernhard.

     Ja, wenn Ihr wollt.
Kaiser der Franken — in der Menschenwelt
Nicht Einer, neben dem Ihr Zweiter seid —

Der Erste überall — von Eurem Haupte
Geht Ehrfurcht wie ein heil'ger Sturmwind aus
Und beugt die Menschenhäupter vor Euch nieder —

Karl.

Ihr malt zu üppig mir dies Bild — hört auf.

Bernhard.

Warum wollt Ihr's nicht hören?

Karl.

Weil, — ich weiß nicht —
Ist's Thorheit, ist es Weisheit; diese Krone
Ward mir vom Schicksal, denk' ich, nicht bestimmt.

Bernhard.

Wollt! Menschenwille ist des Menschen Schicksal!

Karl.

Thu' ich nicht Unrecht an den ält'ren Brüdern?

Bernhard.

Karl, Euer großer Ahnherr, wie Ihr wißt,
War Karlmann's jüngrer Bruder — Karl ward Kaiser
Und Karlmann mußte weichen.

Karl.

Mußte weichen —
Heißt das —

Bernhard.

Das heißt, daß Unrecht nur ein Wort ist,
Dem Jeder Inhalt giebt soviel er will.

Karl.

Säh' ich das letzte Ziel von Euren Worten —
So fürchte ich —

Bernhard.

Ach laßt — und fürchtet nichts.
Dies Wort, das ich wie eine Wünschelruthe
In Euer Herz getaucht, um Stahl zu finden,
Ihr wägt es ängstlich sorgend hin und her?
Karl will nicht Kaiser sein, so sei's Lothar;
Doch legt die Krone heut' noch, rath' ich, nieder,
Denn nie vergißt er Euch den einen Tag,
An dem Ihr König wart —

Karl.

Herzog, dies Eine
Erklärt mir nur — so thu' ich wie Ihr wollt.

Bernhard.

Was ist dies Eine?

Karl.

Seht; Ihr thürmt auf mich
Von Stund' zu Stunde wachsend Ehr' auf Ehre.
Den Reichstag sprengtet Ihr — es war für mich.
Des Reiches Ordnung stoßt Ihr um — für mich —
Für Ludwig konntet Ihr und für Lothar
All' dieses thun — Ihr thatet es für mich —
Was ist's, das so mir Euer Herz gewonnen?

Bernhard.

Seltsam — Ihr seid so jung noch an Entschlüssen
Und schon so alt an Zweifeln und an Fragen?

Karl.

Sagt mir —

Bernhard.

Wohlan denn — für das Wohl des Reichs
Ersah ich Euch zum Kaiser.

Karl.

Sprecht Ihr wahr?
O zürnt mir nicht — doch wenn Ihr fühlen könntet
Was dieses Wort mir gilt —

66

Bernhard.

Wollt Ihr?

Karl.

Es sei.

Bernhard.

Nun denn, im Kampfgebiet der großen Dinge
Begrüß' ich Euch, gekrönter junger Karl.
Nun keines Auges feiges Blinzeln mehr!
Kein Schaudern, wenn der Thaten großer Sturm
Den blut'gen Schaum Euch bis zum Kinn emporwirft!

Karl.

Ihr gabt zwei Kronen mir an einem Tage —
Ich gebe Euch dafür den Frieden hin
Des Herzens — das ist wenig nur für Euch,
Doch Alles ist es mir — o theurer Herzog,
Ich bitte Euch, seid sparsam mit dem Gut.

Bernhard.

Nein, seid nicht weich — ein zu gefühlvoll Herz
In harten Zeiten, ist selbstmörderisch.
In meinen Händen ruhen Eure Thaten.

Karl.

Ich will nun geh'n.

Bernhard.

Wohin?

Karl.

Dort in den Garten;
Laßt mich für einen kurzen Augenblick
Die Stirn mir kühlen.

Bernhard.

Geht nicht in den Garten.

Karl.

Warum?

Bernhard.

Der Garten hat verborg'ne Gänge
Und Eure Brüder haben Meuchelmörder.

Karl.

O Kaiserkrone, wirfst Du solche Schatten?
Die Mutter saß vorhin an meinem Lager —
Wißt Ihr, wohin sie ging?

Bernhard.

Ich weiß es nicht.

Karl.

So mein' ich, find' ich sie in ihren Zimmern —
Denn meine Mutter, denk' ich, schlummert nicht.
(Ab nach links.)

Bernhard (betrachtet seine Hand).

Betracht' ich's recht, so gleicht die Hand des Menschen,
Wenn sie die Finger ausreckt, einer Spinne —
Ein Griff — sie hält — und läßt nicht wieder los.
Doch solche Kunst gehört in die Paläste —
Im Blachfeld nun, Ihr Söhne Irmengard's
Zeig' ich die Künste Euch, die ich mir lernte
In hundert Kämpfen wider's krumme Schwert.
Ja, Tod sei mein Genoß; Du Bluterfrischer
In dieses Lebens schalem Einerlei,
Tragöde Du im Possenspiel der Welt.
Ludwig, Du mußt hinweg, Du bist zuviel —
Und diese Welt ist dann für Karl und mich,
Für Karl? Jawohl, so lang in Judith's Herzen
Auf gleichen Schalen Karl und Bernhard ruh'n —
Doch Du, armsel'ger Knabe, bist zu leicht;
Nein — kommen soll die Stunde, da ihr Herz
Nur noch den Namen Bernhard kennt — und dann —
Dann Karolinger, Bernhard über Euch!
(Er geht an den Ausgang, blickt hinaus und winkt.)

Dritter Auftritt.

Abdallah (kommt aus dem Garten). **Bernhard.**

Bernhard.

Nun — bist Du da?

Abdallah.

Zu Deinem Dienst, Gebieter.

Bernhard.

Du stand'st dort im Gebüsch?

Abdallah.

Dort in den Büschen,
Wie Du's befahlst.

Bernhard.

Du sah'st, mit wem ich sprach?

Abdallah.

Ja, Herr —

Bernhard.

Du sahst's?

Abdallah.

Du sprachst mit König Karl.

Bernhard.

Doch vorher?

Abdallah.

Vorher? War noch Jemand da?
So kam ich vorher nicht — denn als ich kam,
Sprachst Du mit Karl.

Bernhard.

So lange ich Dich kenne,
Mir fällt es ein, sah ich Dir nie in's Auge,
Denn immer stehst Du tiefgesenkten Haupt's —

Abdallah.

Wie es dem Diener ziemt vor seinem Herrn.

Bernhard.

Doch heut', gebiet' ich, sieh' mir in's Gesicht.

(Abdallah sieht auf.)

Ich seh', Du kannst, was man von Dir verlangt. —
Ist das Gerücht begründet, welches sagt,
Daß Du, vertraut mit grauser Lehre, jedes
Giftkraut der Erde kennst?

Abdallah.

          Es ist begründet.

Bernhard.

Und ist es wahr, daß tief in Afrika
Ein Kraut gedeiht, das, wenn man's richtig braucht,
Den Tod wie einen Diener uns bestellt,
Pünktlich auf Tage, Stunden und Minuten?

Abdallah.

Solch' Kraut ist da.

Bernhard.
      Besitz'st Du's?

Abdallah.

               Ich besitz' es.

Bernhard.

So schaff' mir das — und bald.

Abdallah.

        Du sollst es haben;
Doch muß es sorgsam zubereitet werden.

Bernhard.

So thu' Dein Werk und bring's mir, wenn's gethan.

(Will gehen, wendet sich.)

Abdallah!

Abdallah.

Herr?

Bernhard.

Du lachst?

Abdallah.

Ich lache nicht.

Bernhard.

Mir schien, Du lachtest, weil ich Dir vertraute.

Abdallah.

Schatten sind stumm und taub — ich bin Dein Schatten.

Bernhard (nach dem Garten ab).

Abdallah (blickt ihm nach).

Schatten sind stumm und taub — doch sie sind dunkel —
Weh' dem, auf dessen Weg ein Schatten fällt!
(Er wendet sich zum Abgehen nach rechts.)

Vierter Auftritt.

Satilatlas. Temin (kommen von rechts).

Satilatlas
(geht auf Abdallah zu und faßt ihn an der Brust).

Treuloser Maure, halt!

Temin.

Wo ist die Tochter

Von El Moheira?

Abdallah.

Beim Propheten Gottes —

Satilatlas.

Bernhard versprach sie uns, doch sie ist fort —
Seit heute Morgen hält sie sich verborgen
Und spottet unsres Suchens — Hund, Du weißt,
Wo sie sich barg; Du stehst im Bund mit ihr;

Abdallah.
Bei dem Propheten, nein, ich weiß es nicht.

Temin.
Wo ist der Herzog Bernhard?

Abdallah.
Dort im Garten.

Temin (zu Satilatlas).
Halt' diesen fest — ich suche Bernhard auf.
(Wendet sich nach dem Garten, bleibt stehen.)
Still — was kommt da?
(Im Garten sieht man Hamatelliwa erscheinen.)
Sie ist's. Hamatelliwa!

Satilatlas.
Abdallah, Du bleibst steh'n und rührst Dich nicht.
Mir nach, Temin, der Vorhang hier verbirgt uns.
(Satilatlas und Temin treten hinter den Vorhang — Abdallah mitten auf der Bühne,
den Rücken nach dem Garten.)

Fünfter Auftritt.

Hamatelliwa (huscht aus dem Garten herein).

Hamatelliwa (flüsternd).
Abdallah!

Abdallah (dumpf vor sich hin).
Unglückselige; woher?

Hamatelliwa.
Im Garten war ich — und ich sah allda —
O — wo ist Bernhard?
(Satilatlas und Temin kommen hinter dem Vorhang vor.)

Satilatlas.
Frage nicht nach ihm.

72

Hamatelliwa.

Die Tiger, die mein Vater schickte! Weh!

(Sie springt auf und will nach dem Hintergrund entfliehen. — Temin versperrt ihr
den Weg.)

Temin.

Treulose! Deines Vaters treue Diener!
Weh Dir, daß Du vor ihnen zittern mußt.

Hamatelliwa.

Wie sie die Schwerter lockern! Wie ihr Auge
Mich wild durchbohrt! Laßt mich nicht doppelt sterben
Durch Tod und Todesangst!

Satilatlas.

Nicht wir sind Richter,
Dein Richter sitzt auf El Moheira's Thron.
Komm, sei bereit, wir geh'n nach Saragossa.

Hamatelliwa.

Und er ist fern von mir in dieser Stunde!

Abdallah.

Verlorene, er selber gab Dich preis.

Hamatelliwa.

Das lügst Du! nein!

Abdallah.

Befrage diese Männer.

Sechster Auftritt.

Karl (kommt von links).

Karl.

Vergebens such' ich sie in ihren Zimmern —
Wo ging sie hin? Ah — was ist das?

Hamatelliwa
(eilt auf ihn zu, fällt ihm zu Füßen, umfaßt seine Kniee).

Erhöre!
Dein Aeußeres kündet einen Hohen mir.
Du bist noch jung — Dein Antlitz ward noch nicht
Durchäzt von dieses Lebens Bitternissen,
Laß Deine Seele Deinem Antlitz gleichen,
Du wirst noch Unglück seh'n auf dieser Erde,
Nie schwereres als dies, das vor Dir liegt!

Satilatlas.
Sohn Ludwig's höre dieses Weib nicht an.

Karl.
Was willst Du, Maurin?

Satilatlas.
Hör' sie nicht zu Ende,
Denn eine Bitte wird sie an dich thun,
So unnatürlich, daß das Herz des Sohnes
Sich schaudernd schließen wird —

Karl.
So sprich, was willst Du?

Hamatelliwa.
Dort — diese Männer —

Satilatlas.
Diese Männer, wisse,
Ihr Vater schickt sie, dessen stolzes Haupt
Der graue Reif des Alters überfiel
Als schmählich ihn sein Kind verließ.

Hamatelliwa.
Mein Vater!
Zerbrach mein Herz nicht, als ich Dich verließ!
Und blieb die eine Hälfte nicht bei Dir?

Karl.
Ist's wahr, was diese Männer sagen?

Hamatelliwa.
Wahr!
Wahr, daß ich treulos floh von meinem Vater
Und daß mir graut's vor seinem heil'gen Haupt!
Wahr, daß ich bei den Feinden meines Volkes
Schutz suche vor den Männern meines Volks:
Wahr jeder Vorwurf grauser Unnatur,
Der mich getroffen — aber eins noch ist,
Was sie nicht sagten — Sohn des Christenkaisers —
Wende Dein Ohr noch nicht von der Verlornen,
Ruf' Bernhard her, den Grafen Barcelonas.

Karl.
Bernhard, den Herzog? Was hast Du mit ihm?

Hamatelliwa.
Zu fragen hab' ich ihn, ob über Christen
Der Gott nicht ist, der über Mauren thront!

Abdallah.
Hier kommt der Mann, nach dem Du suchest.

Siebenter Auftritt.

Bernhard (aus dem Garten zu den Vorigen).

Hamatelliwa (springt auf, ihm entgegen).
Bernhard!
Ach, Du bist da. — In's Grausen dieser Nacht
Trägst Du wie eine unbeirrte Sonne
Dein theures Angesicht — ich träumte, Bernhard,
Furchtbaren Traum.

Bernhard (zu Satilatlas).
Wie nun? Ihr seid noch hier?

Hamatelliwa.

O, nicht zu ihnen — mein sei Blick und Wort;
Sieh diese grimmen Jäger, die mich hetzen —
Asyl an Deiner Brust, gieb mir Asyl!

Satilatlas.

Ihr haltet schlecht uns das Versprochne, Herzog.

Temin.

Wir suchten sie umsonst den ganzen Tag.

Hamatelliwa.

Verstumme nicht! Er mahnt Dich an Versprechen —
Bernhard, ein Wort! Sag', daß Du nicht versprachst!
(Pause.)

Bernhard.

Hamatelliwa, geh' mit ihnen.

Hamatelliwa.

Bernhard!!

Bernhard.

Dein Vater heischt Dich, und des Vaters Rechte
Sind größer als die meinen — kehr' zurück.

Hamatelliwa.

Des Vaters Rechte. — Graf von Barcelona,
Wißt Ihr, daß mich mein Vater tödten wird?

Bernhard.

Das wird er Dir nicht thun.

Hamatelliwa
(stürzt Abdallah um den Hals).

Prophet — Prophet!
Wer lehrte Dich die Schrift in diesem Herzen
Zu lesen, die ich, ach, so falsch verstand?
So thut der Mann — Abdallah tritt vor ihn,

Denn Du und Gott, Ihr habt's mit angehört,
Erinn're ihn des Weibes, dessen Kniee
Er einst umschlang — frag' diesen Mann, Abdallah,
Ob sie gesprochen wie er heute spricht?

Bernhard.

Abdallah laß; hör' mich, Hamatelliwa,
Mit Schmerzen thu' ich, was mir Pflicht gebietet.

Hamatelliwa.

Christ, fürchte Deinen Gott und lüge nicht!

Bernhard.

Wer darf mich Lügen strafen?

Hamatelliwa.

              Deine Lippen,
Die heute wie zersprung'ne Glocken tönen
Und welche einst — o Mond und ew'ge Sterne,
Ihr keuschen Geister lauschender Natur,
Ihr habt gehört, wie sie zu sprechen wußten!
Dies Herz, in dem ich jeden Pulsschlag zählte,
Nachrechnend dran die Stunden meines Glücks,
So ganz zum Bettler ward es, daß es heute
Nichts für mich hat als schal erlognen Trost!

Karl (leise zu Bernhard).

Mich jammert dieses Weibes, Herzog Bernhard;
Muß es so sein, wie Ihr beschließt?

Bernhard.

                    Es muß.
Fasse Dich, Mädchen.

Hamatelliwa.

          Nennt mich wie sich's ziemt.
Bernhard — so geh' ich nun?

Bernhard.

Geh' und leb' wohl.
Und sei beglückt durch Deines Vaters Liebe. —

Hamatelliwa.

Wie Du freigebig bist mit fremder Liebe.—
Und nur weil Pflicht gebietet, nur dem Rechte
Des Vaters beugend, scheidest Du?

Bernhard.

Nur darum.

Hamatelliwa.

Kein Vorwurf quält Dich? Treulos wardst Du nicht?
Im Herzen, wo Hamatelliwa wohnte,
Lebt jetzt kein ander Bild? Kein ander Weib?

Bernhard.

Nein.

Hamatelliwa.

Nein und nein! Du Fels, an dem ich scheit're —
Wer war's, den ich im Garten sah?

Bernhard.

Im Garten?

Hamatelliwa.

Wo ich auf dunkel schwell'ndem Rasensitz,
Verborgen ganz von hangenden Gebüschen,
Verstohlen wie ein schuldiges Gewissen,
Jetzt eben einen Mann sah —

Bernhard.

Was soll mir das —

Hamatelliwa.

Und tief in dieses Mannes Arm geschmiegt
Haupt dicht an Haupt, und flüsternd bang und süß,
Worte, wie man sie lernt an Bernhard's Herzen —
Ein Weib —

Bernhard.

Nehmt sie hinweg.

Hamatelliwa.

Warum erschrickst Du?
Wär's so und wüßtest Du von diesem Weib?

Abdallah (blickt nach dem Garten).

Ah — was ist das? Im Garten —

Karl.

Was, im Garten?

Abdallah.

Kam eben jetzt ein Weib den Gang herauf,
Ganz eingehüllt in langen dunklen Schleier,
Und da sie uns erblickte, trat sie seitwärts
In das Gebüsch.

Karl.

Im langen dunklen Schleier?
Was ficht mich an? Laßt sehn —

(Er geht auf den Garten zu; Bernhard vertritt ihm den Weg.)

Bernhard.

Bleibt, König Karl!

Karl (zu Abdallah).

Welch' nächtliches Geheimniß spinnt sich hier?
Sahst Du in ihr Gesicht?

Abdallah.

Laßt, gnädiger Herr,
Die Frau hat nichts zu thun mit dieser Sache,
Denn trog mein Auge nicht, so war's —

Karl.

So war's?

Abdallah.

Laßt gnäd'ger Herr —

Karl

So war's?

Abdallah.

Die Kaiserin.

Karl.

Die Kaiserin?

Hamatelliwa (zu Bernhard).

In langem, dunklem Schleier
Saß jenes Weib geschmiegt an Deine Brust!!

Bernhard.

Wagst Du, zu lästern meine Kaiserin?
(Er reißt einen Dolch vom Gürtel und stößt ihn Hamatelliwa in die Brust.)

Hamatelliwa.

Ach — konnt'st Du das mir thun?
(Sie sinkt in Abdallah's Arme.)

Abdallah.

Hamatelliwa!

Karl.

O blut'ge, blut'ge, allzuschnelle That!

Hamatelliwa
(um welche die Mauren in dumpf betäubter Gruppe stehen).

Laß mich Dein Antlitz seh'n, greiser Abdallah,
Es gleicht dem seinen — geh' zum Vater heim
Und wenn er zürnt, so sag' ihm, was Du sah'st,
Dann wirst Du seh'n, was Du nie sah'st zuvor:
Thränen in El Moheira's Heldenaugen.
Kein Weib auf Erden trug je Schuld, wie ich;
Kein Weib auf Erden litt je solche Buße.

(Stirbt.)

Satilatlas.
Meineidiger, verrätherischer Christ!

Temin.
Rache für unsre Herrin!

Satilatlas.
Wahre Dich!
(Sie ziehen.)

Bernhard (zieht).
Kommt an, ich bin dabei! Die Klinge hier
Durchschnitt so manchen Turban schon.

Achter Auftritt.

Ein plötzlicher lauter Drommetenstoß außerhalb der Scene. Gleichzeitig kommen (von
(rechts und aus dem Garten) **Rudthardt, Ottgar, Humfried** und **Andere.**

Rudthardt.
Gebt Frieden.
(Stellt sich zwischen sie.)
Nach draußen, Herzog, brauchet jetzt das Schwert,
Hört Ihr die Stimme der Drommeten nicht?

Bernhard.
Was bringen sie?

Rudthardt.
Den Frieden sicher nicht.
Drei Herolde der Söhne Irmengard's
Drommeten sie uns auf den Hals.

Bernhard.
Willkommen!
Sturmwind der Thaten blase mir durch's Herz —
Nun bin ich wieder ich!

Ottgar.

Welch' Weib ist dies?

Bernhard.

Hier ward Gericht gehalten über Eine,
Die sich an ihrer Kaiserin verging.

Satilatlas.

Läst'rer der Todten, wagst Du, ihrem Schatten
Noch Steine nachzuwerfen? Deine Buhle
Entlarvte sie!

Karl (wie rasend).

Verdammter! Sprich's noch einmal
Und aus dem Haupt die Zunge reiß' ich Dir!

Rudthardt.

Was geht hier vor?

Bernhard.

Erklärung soll Euch werden,
Wenn's Zeit sein wird. Jetzt ist es Zeit für diese.

Neunter Auftritt.

Drei Ritter (ganz dunkel gepanzert, durch die Mitte).

Erster.

Mich schickt Lothar, der König von Italien.

Zweiter.

Pipin der Aquitanier sendet mich.

Dritter.

Und Ludwig sendet mich, der Baiernkönig.

Erster.

So sprechen sie zu Ludwig, ihrem Vater.

Zweiter.

Und so zu ihrem jüngsten Bruder Karl.

Dritter.

So sprechen sie zu Judith, Tochter Welf's:

Erster.

Wir drei, vereint, zu wahren unser Recht
Und abzuwehren Ungerechtigkeit,
Euch Dreien künden Fehde wir und Krieg
Und laden Euch zur blutigen Entscheidung
Auf's rothe Feld bei Colmar. — Kommt Ihr?

Bernhard und alle Deutschen (laut und wild).

Ja!!

Erster.

So wolle Gott dem guten Rechte helfen.

Bernhard.

Gott helfe ihm und unser männlich Schwert!
(zu Karl)
Gedenkt an das, was ich vorhin Euch sagte:
Die Kaiserrose blüht auf Colmars Feld.
(Laut)
Und nun kein Säumen mehr; an's Werk, zur That.
Weckt auf die Pfalz; zu seinen Völkern jeder,
Zählt jeden Kopf und wäget jedes Herz.
Ihr, König Karl, zum Kaiser, bitt' ich, geht,
Und sagt ihm, wenn die Sonne morgen früh
Auf's stahlbeschuppte Blachfeld niederfunkelt,
Wird ihm das tausendarm'ge Reich der Franken

Bereitet steh'n, ein einz'ges mächt'ges Schwert,
Gericht zu halten über seine Feinde.
(zu den drei Herolden)

Nach Haus Ihr drei!

Noch nie zu Tanz und Reigen

Schlug so das Herz mir wie zu diesem Kampf!

Satilatlas.

Ein jeder Fluch, der Unheil je gebar,
Begleite Dich zum Kampfe!

Temin.

Fluch Dir! Fluch!

(Bernhard mit den Deutschen und den Herolden nach der Mitte ab.)

Der Vorhang fällt.

Vierter Akt.

Erste Scene: Nacht. (Eine offene Halle, im Hintergrunde der Rhein. Fackeln be-
leuchten die Scene.)

Erster Auftritt.

**König Ludwig. Hugo von Tours. Matfried von Orleans. Andere
fränkische Große** (kommen aus dem Hintergrunde).

Ludwig.

Nein sagt mir, edle Herr'n, es ist nicht wahr.
Noch denke ich, es ist nur ein Gerücht,
Entstanden aus dem heiß erregten Blute,
Das diese Zeit regiert.

Matfried.

        Nein, gnäd'ger Herr,
Gott wollte, daß es wäre, wie Ihr glaubt,
Doch leider sah ich's an mit eignen Augen.

Zweiter Auftritt.

Lothar aus dem Hintergrunde **zu den Vorigen.**

Lothar.

Was regt die Herren auf? Was ist gescheh'n?

Ludwig (geht ihm entgegen).

Ein schweres Unheil, das uns plötzlich traf;
Erfuhrst Du von Pipin?

Lothar.

Ich hörte nichts —
Was ist mit ihm gescheh'n?

Ludwig.

Pipin ist todt.

Lothar.

Nein, das verhüte Gott!

Matfried.

Und dennoch ist's so.
Heut Nachmittag ritt er aus seinem Lager,
Des Feindes Stellung drüben zu erspäh'n —
Er ritt das Pferd, vor dem man oft ihn warnte,
Den ungestümen, schwarzen Berberhengst —
Und als wir gerad' der Stelle gegenüber,
Wo drüben lag das kaiserliche Zelt,
Fügt sich's, daß plötzlich sich ein Wind erhebt,
Der von des kaiserlichen Zeltes Spitze
Das Wimpel reißt und der es gradenwegs
Zu ihm hinüber wirft. — Sein Pferd darauf
Wie angepackt von einem wüth'gen Schrecken,
Dreht zweimal, dreimal wirbelnd sich im Kreis,
Und eh' wir noch zu Hülfe eilen können,
Wirft es den König krachend in den Sand
Und schmettert ihm das Haupt an einen Feldstein,
Daß augenblicks das Leben ihn verließ.

Lothar.

Das ist ein düstrer Anfang unsrer Sache
Denn morgen, rechn' ich, haben wir die Schlacht.

Ludwig.

Dem kaiserlichen Zelte gegenüber —
Ein sonderbarer Zufall, in der That.

Lothar.

Ein Zufall, weiter nichts, doch sorgt dafür,
Daß man im Heer den Umstand nicht erfährt,
Sonst nährt's den Aberglauben in den Köpfen
Und ängstigt die Gemüther.

Matfried.

Gnäd'ger Herr,
Ich fürchte sehr, es sprach sich schon herum.

Lothar.

Das wär' nicht gut.

Hugo.

Daneben ist noch Eins,
Das seltsam schreckend alle Herzen aufwühlt:
Ein alter Maure kam von drüben an,
Mit abenteuerlicher Nachricht, sagt man.

Ludwig.

Was bringt er?

Hugo.

Herr, ich weiß es nicht genau,
Doch munkelt man im Volk, er brächte Kunde
Von grausigen Verbrechen, die am Hofe
Des Kaisers sich begeben.

Lothar.

Nun, bei Gott,
Das wäre günstige Förd'rung unsrer Sache.
Schafft mir den Mauren her, wir woll'n ihn brauchen
Wie den gemalten Teufel, unsre Tugend
So heller dran zu zeigen — (lachend) unsre Tugend!

Ludwig.

Im Angesicht des väterlichen Zelts —

Lothar.

Ja, er ist todt, daran ist nichts zu ändern
Und da, wo dreie waren, sind jetzt zwei.
Kommt, nichts von Weichheit jetzt und Grübelei;
Die Herren seh' ich, sind zumeist versammelt,
So laßt uns Kriegsrath halten und berathen,
Denn morgen, denk' ich, rücken wir in's Feld.

Dritter Auftritt.

Wala aus dem Hintergrunde **zu den Vorigen.**

Wala.

Eh' Ihr zum Kriegsrath schreitet, höret mich.

Ludwig.

Wala, der Abt.

Wala.

Ja, Wala, der Euch Beide
Am Herzen trug, als Ihr noch Knaben war't —

Lothar.

Wir wissen, daß wir's waren — was beliebt?

Wala.

Der Euch die jungen Hände falten lehrte
Zum ersten, heiligsten Gebet des Christen:
„Vater vergieb!" Euch Beide und Pipin. —

Lothar.

Wir sind beschäftigt, Herr.

Ludwig.

Nein, er soll sprechen.
Was habt Ihr uns zu sagen, werther Abt?

Wala.

Den Preis sollt Ihr mir nennen, Söhne Ludwigs,
Den Ihr auf Eures Vaters Kopf gesetzt.
Ihr sollt mir sagen, wie Ihr's tragen werdet,
Wenn morgen sich, im Staub vor Euren Rossen,
Der blut'ge Leichnam Eures Vaters wälzt
Und wenn sich die empörte Kreatur,
Mit einem dumpfen Aufschrei des Entsetzens
Von Euch, den Vatermördern, wenden wird?

Lothar.

Ihr sprecht sehr schön, nur leider etwas lang
Und nicht am rechten Ort. Was predigt Ihr
Vor unsren Ohren Buße? Geht hinüber
Und predigt da.

Wala.

Ich war bei Eurem Vater
Ich sah das gramgefurchte Angesicht,
Den müden Nacken und das graue Haupt —
Sein Haupt — o, eines Vaters graues Haupt
Ist heilig, jedes Haar auf seinem Scheitel
Ruft seine Kinder auf zu Schutz und Ehrfurcht;
Wahrzeichen ist's der mahnenden Natur,
Daß uns das theure Gut nicht lange mehr
Gehören wird!
(Er faßt Ludwig und Lothar an der Hand und geht mit ihnen zwei Schritte nach vorn.)
Sagt mir, Ihr Schrecklichen,
Was eilt Ihr der Natur so wild voraus?
Ist Euch ihr Schritt zu langsam? Seid beruhigt,
Mißgönnt ihm seine letzten Tage nicht,
Nur wen'ge sind's noch.

Ludwig.

Sagt, um Gottes willen,
Was wißt Ihr, Abt? Wie steht's mit meinem Vater?

Wala.

Schlecht, König Ludwig.

Ludwig.

Ist er krank?

Wala.

Er ist's.

Es giebt 'nen Ausdruck in des Menschen Zügen,
Wenn Ihr den seht, dann wißt, daß ihn der Tod
Gezeichnet hat, daß er ihn wiederfinde
Auf seinem nächsten Rundgang durch die Welt.

Vierter Auftritt.

Abdallah (erscheint im Hintergrunde, von den Uebrigen vorläufig noch nicht bemerkt).

Ludwig (zu Wala).

Saht Ihr in seinem Antlitz diesen Ausdruck?

Wala.

Ich sah in seinem Angesicht die Krankheit,
Die keine Heilung kennt: gebrochnes Herz.

Abdallah.

Ha ha ha!

(Alles wendet sich zu Abdallah.)

Ludwig.

Wer wagt es, hier zu lachen? Wer ist da?

Matfried.

Der Maure, wie es scheint, von dem wir sprachen.

Lothar.

Verzeiht ihm, Abt, es ist ein blinder Heide,
Der nichts von priesterlicher Würde weiß.

90

Komm, Du Aushängeschild für unsre Tugend,
Du führst Dich trefflich ein. —

(Abdallah kommt vor.)

Was lachtest Du
Zu dieses Priesters Worten?

Abdallah.

Weil er spricht
Als kenne er die Krankheit Kaiser Ludwigs,
Die er nicht kennt.

Wala.

Die ich nicht kenne, Maure?
Die ich nicht kenne?

Abdallah.

Nein, die Du nicht kennst.
Nur Einer weiß den Keim zu dieser Krankheit.

Ludwig.

Was ist der Keim zu seiner Krankheit?

Abdallah.

Gift

(Allgemeine tiefe Bewegung.)

Ludwig.

Gift? Unserm Vater?

Lothar.

Laßt — das Ding wird ernsthaft.
Maure — wer so viel weiß, weiß auch noch mehr —
Wer gab dem Kaiser Gift? — Maure, Du weißt es —
Sag's — oder —

Abdallah.

Meinst Du, daß ich zum Verschweigen kam?
Ihr kennt ihn Alle, Alle haßt Ihr ihn —

91

Zu zahm war Euer Haß, verdoppelt ihn —
Erschlagt, zerreißt ihn, tilget seinen Namen
Aus der befleckten Reihe der Lebend'gen. —

Ludwig.

Wer gab ihm Gift?

Abdallah.

   Bernhard von Barcelona!
(Bewegung.)

Lothar.

Ha — ob ich diesen gift'gen Molch erkannte!

Ludwig.

Bernhard von Barcelona? Nein — unmöglich!

Abdallah.

Unmöglich? Ihm?

Ludwig.

   Ich weiß, Du haſſeſt ihn,
Weil er die Mauren zwang. Haſſ' ich ihn gleich,
Als meinen schlimmſten Feind, doch glaub' ich's nicht —
Solch' grauſe That verlangt nach einem Grund —

Abdallah.

Der Grund? Der Grund? Ich weiß es, bei Euch Chriſten
Muß Alles Namen haben und getauft sein —
Wenn es ein Recht zum Dasein haben soll —
Wohlan, der Grund zu seiner Frevelthat
Hat einen Namen — taufen will ich ihn —
Und er heißt Judith!

Lothar.

   Ah — hört Alle, hört!

Wala.

Was spielſt Du mit verruchten Räthseln, Maure?
Was mengſt Du hier die Kaiserin hinein?

92

Abdallah.

Weil zwischen ihr und Bernhard, ihrem Buhlen,
Ludwig, der Kaiser, stand.
(Wilde Bewegung.)

Ludwig.

Um Gottes willen

Seid leise, Herr'n, laßt dies verdammte Wort
Nicht weiter dringen.   Maure, hör' mich an,
Gieb mir Beweis untrüglich, unzweideut'gen,
Sonst sammt der Lästerzunge schlag' ich Dir
Das Haupt vom Rumpf.

Abdallah.

Schatten Hamatellitwa's

Sieh, wie Abdallah ganz sich Dir ergiebt!
Das Gift, das Bernhard Kaiser Ludwig reichte,
Erfahrt, ich hab' es selber ihm gemischt!
(Lautlose Pause.)

Ludwig.

O Vater — Vater —

Wala.

Gottverfluchte Zeit!

Fünfter Auftritt.

Ein fränkischer Edler (kommt aus dem Hintergrunde, winkt Matfried zu sich
heran und flüstert ihm einige Worte zu, dann kommt Matfried in den Vordergrund).

Matfried.

Höchst sonderbar —

Lothar.

Was ist? Was bringt Ihr uns?

Matfried.

Mir wird gemeldet, daß am Rand des Lagers
Ein Reiter hält, auf schaumbedecktem Roß,
Der Einlaß zu den Königen begehrt.

Lothar.
Nannt' er sich nicht?

Matfried.
Er wollte sich nicht nennen,
Und mit dem Mantel barg er das Gesicht.
Doch — fast unglaublich — nach dem Klang der Stimme
Glaubt man, es sei —

Lothar.
Wer?

Matfried.
Euer Bruder Karl.

Lothar.
Ah! Judith's Brut! Läufst Du in unsre Hände?
Fort — laßt ihn ein.
(Matfried will abgehen.)

Ludwig (tritt ihm in den Weg).
Halt da — hier bin noch ich. —
(Zu Lothar.)
Was hast Du mit ihm vor?

Lothar.
Das wird sich zeigen,
Wenn wir ihn haben. Fort, noch einmal.

Ludwig.
Nein.
Er soll nicht kommen, eh' Du nicht geschworen,
Daß er frei bleiben soll und ungefährdet.

Lothar.
O hört des frommen Ludwigs frommen Sohn!

Wala.
Den Segen Gottes, König Ludwig, Euch.
Lothar — 's ist Euer Bruder.

Lothar.
Was, mein Bruder!
Der Schößling aus dem Blute, das ich hasse —
Des abgefeimten Weibs dummdreister Sohn —

Ludwig.

Ift er Dein Bruder nicht, fo ift's der meine
Und unfres Baters vielgeliebter Sohn!
Schwörft Du ihm Sicherheit?

Lothar.

Schwachherz'ge Thorheit!
Wenn wir ihn halten, fchreiben wir dem Kaifer
Jede Bedingung vor, die uns gefällt.

Ludwig.

Fühllofer Wucherer! Du follft mir nicht
Die Hand auf meines Baters Kehle fegen!
Und Dir Gewinn aus feinem Jammer ziehn!

Lothar (zu der Umgebung).

Entfcheiden diefe Herren — follen wir
So großen Bortheil aus den Händen laffen,
Weil's dem weichmüth'gen Manne dort gefällt?

Alle (dumpf murrend).

Wie König Ludwig fagt, fo foll es fein.

Lothar (giftig lachend).

So foll es fein. —
(Winkt Matfried, diefer ab durch den Hintergrund)
Ich merk', es kommt die Zeit,
Wo Klugheit Frevel wird und Dummheit Tugend.
Nun will ich mein Geficht in Falten zie'hn
Und Liebe heucheln. —

Sechfter Auftritt.

Karl (erfcheint auf der Schwelle der Halle).

Lothar (der ihn bemerkt).

Ah — das Maskenfpiel.
(Dreht fich kurz um.)

95

Karl (zögert auf der Schwelle).

Eh' ich eintrete, sagt mir, ob ich komme
Als Bruder unter Brüder? ·

Ludwig
(geht auf ihn zu, reicht ihm die Hand, führt ihn vor).

Hier die Antwort —
Ich bin Dein Bruder Ludwig.

Karl.

Ja, ich seh's —
An Deinen Augen. — O, mein Bruder Ludwig,
Wie wenig Tage und wie viele Dinge
Sind zwischen uns. — Mein theurer Bruder Ludwig!
(Fällt ihm um den Hals.)

Ludwig.

Du weißt, daß unser Vater schwer erkrankt ist?

Karl.

Ich weiß — und darum hinter seinem Rücken
Kam ich zu Euch — o hört mich, meine Brüder. —

Lothar.

Wir brauchen's nicht, wir wissen ohne Dich
Was Bernhard that an unsrem Vater.

Karl.

Wie?
Was — Bernhard that —?

Ludwig.

Fasse Dich, Bruder Karl.

Lothar.

Dein Vater steht nicht mehr vom Lager auf,
Er stirbt am Gift, das Bernhard ihm gegeben.

Karl.

Nein — ew'ger Gott im Himmel! Bruder Ludwig,
Ich glaube diesem nicht, sprich Du — sprich Du!

Ludwig.

Hier ist der Mann, der selbst das Gift ihm mischte —
Sieh' diesen Mauren.

Karl (zu Abdallah.)

Höllisches Gespenst! —
(Stürzt auf Abdallah zu)
Verdammter, wenn Du ihm den Trank gebraut,
So weißt Du auch das Mittel, das ihn rettet,
Nenn' mir das Mittel!

Abdall'ah.

Ihn errettet nichts,
Es wächst kein Kraut auf dieser weiten Erde,
Das jenes Gift bewältigt.

Karl.

O — verloren.
Mein greiser Vater rettungslos verloren!
Sein mildes Herz, in dem die Güte wohnte
Bedeckt von einem kalten, schweren Stein —
Sein Angesicht von Grabesnacht umschattet,
Sein Auge — Gott beschütze mich in Gnaden
Ich sehe ihn — sein Auge blickt mich an
Mit einem langen schweren Blick des Vorwurfs —
Mein Heil und Glück war seine Tagessorge,
Sein Traum zur Nacht. — Es bleichten seine Haare
In Sorg' um mich — und ich, ich steh' dabei
Und seh' die Schlange, die an's Herz ihm kriecht —
Und ich zertrat ihn nicht, den Höllenwurm!
Und ich vertraut' ihm, folgte seinem Rath.
In meinem Herzen war die Warnerstimme
Des Abscheus, der uns vor dem Feinde warnt. —
(Zu Abdallah) Giftmischer, sag', wie lange hat mein Vater
Noch Frist zu leben?

Abdallah.

Wen'ge Stunden noch.

Karl (nach dem Hintergrund).

Führt auf der Stelle mir mein Roß heran. —
Wir waren Feinde, Brüder, sind wir's noch? —
(Pause.)
Ihr zürnt mir? Jedem Anspruch, der Euch kränkte,
Entsag' ich, Brüder — lauter als der Zorn
Tönt durch die öde Nacht das Sterberöcheln
Des alten Mannes, der einsam drüben liegt,
Verlassen, ohne Kinder — zürnt Ihr noch?

Ludwig (fällt ihm um den Hals).

Gott soll sein Antlitz ewig von mir wenden,
Wenn ich Dich wen'ger liebe, als mich selbst!
Mein Roß herbei, mit Dir reit' ich hinüber
Und fleh' um meines Vaters Segen.

Lothar.

                              Ludwig —
Gehst Du in's Netz, das Bernhard Dir gestellt?

Karl.

Weh über Dich, daß Du in dieser Stunde
So denken kannst! Hier reiß' ich Bernhard's Namen
Aus meiner Brust und weih' ihn meiner Rache.

Lothar.

Versprich zu viel nicht, sei vorsichtig, Knabe,
Es möchten Stimmen sich für ihn erheben,
Gewicht'ge Stimmen —

Karl.

          Wessen Stimme meinst Du?

Lothar.

Du hast die Hälfte nur von dem erfahren,
Was dieser Maure brachte, hör' ihn ganz.
Maure, tritt her.

Ludwig.

Lothar!

Lothar.

Maure, tritt her!

Ludwig.

Maure, Du schweigst! Lothar, es ist Dein Bruder.

Lothar.

Ich will doch seh'n, ob Du auch mir den Mund
Verbieten wirst.

Ludwig (tritt drohend auf ihn zu).

Erfahr' es denn: Du schweigst!

Karl (zu Ludwig).

Um Gott, was geht hier vor?

Ludwig.

Still — forsche nicht —
Ich führe Deine Sache.

Lothar.

Seine Sache?
Tritt Deinem ältern Bruder aus dem Weg,
Was maßest Du für Recht Dir an?

Ludwig.

Das Recht,
Von dem Dein unnatürlich Herz nichts weiß,
Weil die Natur es gab.

Lothar.

Aus meinem Wege,
Du täppischer Gesell! Den will ich seh'n,
Der mir das Recht verwehrt, schandbaren Frevel
An's Licht zu zieh'n.

Ludwig (reißt das Schwert heraus).

So wende Gott die Augen
Vom Haus der Karolinger! Sprich ein Wort
Und diese Klinge, in Dein Herz gestoßen,

Soll prüfen, ob es fühllos sei für Stahl,
Wie für die Menschlichkeit!

Lothar (zur Umgebung).

Seht Ihr das an?
Vor Euren Augen droht man Eurem König
Mit blankem Schwert?

(Dumpfes Gemurr der Anwesenden.)

Matfried (tritt vor).

Vergebt uns, gnäd'ger Herr,
Wir können es nicht bill'gen, was Ihr thut.

Lothar.

Wer hat nach Eurer Meinung Euch befragt?
Mein Wille ist der Eure.

Matfried.

Nein, mein König,
Wir dienen Eurem Recht, nicht Eurem Haß.

Hugo.

Wir Alle hatten einmal eine Mutter,
Und was Ihr thut an Eurem jüngsten Bruder
Ist wider Satzung und Gefühl!

Alle.

So ist es!

Karl.

Was spricht er von der Mutter? Was geht vor?
Erklärt es mir —

Wala.

Laßt, theurer, junger König,
Es ist nur ein Gerücht, das uns erschreckt.

Abdallah.

Gerücht? Nur ein Gerücht?

Karl.

Was weiß der Maure?

100

Ludwig.

Nichts weiß er, nichts!

Abdallah.

   Du Sohn der schönen Judith,
Des Schleiers denke, der im Garten rauschte,
Zur Mitternacht, zur Zeit verbuhlter Liebe.

Ludwig.

Reißt ihn hinweg!

<small>(Alle stürzen sich auf Abdallah.)</small>

Abdallah <small>(sträubt sich).</small>

   Ihr sollt mich reden lassen —
Hamatelliwa's denke, welche drüben
Erschlagen liegt vom Buhlen Deiner Mutter —
Erfahre seinen Namen —

Ludwig.

    Reißt ihn fort.
Sperrt den verfluchten Mund ihm!

<small>(Sie reißen Abdallah hinaus.)</small>

Abdallah <small>(wendet im Abgehen das Haupt).</small>

     Bernhard!!

Karl <small>(aufschreiend).</small>

    Ah!! <small>(bricht in die Kniee.)</small>

Wala <small>(tritt zu ihm).</small>

Stark, junger Fürst, seid stark —

Karl.

    Hier kommt etwas,
Das wie der Wahnsinn aussieht! Bringt mein Pferd,
Bringt augenblicks mein Pferd!

Ludwig.

    Ich reite mit Dir.

Karl.

Niemand begleite mich! Verflucht das Auge,

Das meinem Wege folgt, verflucht das Ohr,
Das meine Worte hört! Laßt mich allein sein
Auf dieser Welt mit einer Einzigen!
(Er springt auf und stürzt durch die Mitte ab.)

Ludwig.

Hier nun verbünde ich mich seinem Rechte:
Karl soll der König sein von Aquitanien.
(Beifälliges Gemurmel.)

Lothar.

Ei seht, wie rasch man hier die Könige macht.
Ich denk', man fragt auch mich?

Ludwig.

Erkennst Du ihn
Als König an?

Lothar.

Und wenn ich sagte nein?

Ludwig.

Dann mit der stahlbewehrten Faust des Krieges
Greif' ich Dich an, bis daß Du ja gesagt.

Matfried.

Es scheint uns gut, was König Ludwig sagte.

Hugo.

Karl soll der König sein!

Alle.

Er sei's! Er sei's!

Lothar.

Spart Euch den Lärm, ich weiß auch ohne Euch,
Daß zwanzig Stimmen lauter sind, als eine. —
So sei er König.

Ludwig.

Das ist nicht genug.

Du sollst mit mir vor unseres Vaters Antlitz
Bekräft'gen Dein Versprechen.

Lothar.

Ha — auch das noch?

Matfried.

Ihr sollt es thun, Ihr sollt mit Eurem Vater
Versöhnung schließen.

Alle.

Ja das sollt Ihr! Sollt Ihr!

Lothar.

Ah — Felonie!

Matfried.

Noch nicht, doch treibt's nicht weiter!
Vasallen sind wir, aber keine Knechte.
Ihr kennt nicht Sohnespflicht, nicht Bruderspflicht,
So sollt Ihr auch nicht Pflichten fordern dürfen
Von Anderen — vor die Füße werf' ich Euch
Die Treue des Vasallen, kämpft alleine
Für Euer Recht!

Alle.

Alleine, kämpft alleine!
(Pause.)

Lothar.

Die Pferde vor und auf den Weg zum Kaiser!
(Verwandlung.)

Zweite Scene.

(Inneres des kaiserlichen Zeltes; in der Mitte eine große geschlossene Zeltthür; rechts
und links kleinere Thüren.)

Erster Auftritt.

Bernhard. Rudthardt. Ottgar.

Rudthardt.

Herzog, nun sagt, wie geht es mit dem Kaiser?

Bernhard.

Ihr Herrn, ich darf Euch nicht mit Hoffnung täuschen,
Der Kaiser ist weit kränker, als man glaubt.

Ottgar.

Solch' plötzlich Unheil —

Bernhard.

        Ja, sehr wahr — so plötzlich,
Daß man — — nun wohl, Ihr wißt so gut wie ich,
Wem diese Krankheit Nutzen bringt und Vortheil.
Natur ist unsren Feinden seltsam günstig!

Rudthardt.

Ihr scheint noch mehr zu meinen, als Ihr sagt?

Bernhard.

Ei nun — ich dachte, daß es Mittel giebt,
Nach unsrem Willen die Natur zu leiten:

Rudthardt.

Arzneien, meint Ihr das?

Bernhard.

        Man ruft auch Krankheit,
Wenn die Gesundheit überlästig wird.

Rudthardt.

Das wäre — Gift!

Ottgar.

        Um Gott, was sprecht Ihr da?

Bernhard.

Ich sage nicht, sie thaten's — doch ich sage,
Betrachtet, welchen Gang die Dinge geh'n,
Und sagt, es sei undenkbar.

Rudthardt.

Gift! dem Vater!
Und dennoch — greuelvolle Möglichkeit.

Bernhard.

Setzt nun den Fall, der Kaiser stirbt — was dann?

Ottgar.

Ja freilich auch — was dann?

Rudthardt.

Dann kommt Lothar.

Bernhard.

Und dann?

Rudthardt.

Nun, was dann weiter noch geschieht
Wird seine Sorge sein; gut wird es nicht.

Bernhard.

Euch sagt des Herzens richtiges Gefühl,
Was wir von diesem Mann zu hoffen haben.
Sagt, wollt Ihr willig an den Block Euch geben?
Und soll Lothar der Kaiser sein?

Ottgar.

Was thun?
Er ist und bleibt des Kaisers ält'ster Sohn;
Wer kann ihm wehren?

Bernhard.

Wir, wenn Ihr mir folgt.

Rudthardt.

Das wäre — laßt uns wissen.

Bernhard.

Hört mich;
Den Augenblick, da Kaiser Ludwig stirbt,
Den laßt uns wahren. Diesem Frankenreich,

Das wie ein kopflos ungeheurer Rumpf
Im Taumel geh'n wird, laßt ein Haupt uns finden
Und unser ist der Sieg.

Rudthardt.

Und dieses Haupt?

Bernhard.

Ist Karl. Er soll der Kaiser sein der Franken!

Rudthardt.

Kühn — kühn bei Gott.

Ottgar.

Ein Plan, der mit dem Rechte
Sich schwer vereint.

Bernhard.

Im Buch der Weltgeschichte
Giebt's nur ein einzig Recht, es heißt Erfolg.
Und den versprech' ich Euch.

Rudthardt.

Versprecht Ihr den?
Seid Ihr gewiß, daß Karl bereit sich findet?

Bernhard.

Karl ist bereit.

Rudthardt.

So spracht Ihr schon mit ihm?

Bernhard.

Es ist gescheh'n. Wenn ich Euch Pläne biete,
So seid gewiß: es ist geklärter Wein.

Rudthardt.

Wahr ist's und ich erkenn' es willig an.
Karl, Ludwig's jüngster Sohn, sei unser Kaiser.

Ottgar.

Nun, Rudthardt, wenn Ihr meint — ich bin dabei.

Bernhard (streckt ihnen die Hände zu).

Schlagt ein, Ihr Herrn — so darf ich auf Euch zählen?

Rudthardt (schlägt ein).

Ruft mich, Ihr sollt mich finden.

Ottgar (desgleichen).

So auch mich.

Rudthardt.

Ich gehe jetzt und mustre unsre Stellung;
Begleitet Ihr mich, Ottgar?

Ottgar.

Ja, ich komme.

(Beide ab nach rechts.)

Bernhard (allein).

Wißt Ihr, wem diese Krankheit Vortheil bringt?
Ah — wie sich Stufe mächtig baut an Stufe,
Wie Ring in Ring sich fügt — und diese Hände,
Gleich zwei Titanen voll allmächt'ger Kraft,
Zu Füßen mir zu ketten diese Welt!
Nun könnt' ich wie ein König der Egypter
Anbetend knie'n vor meinem Genius.
Wohl weiß ich, unterm Grundstein meines Bau's
Liegt ein begrabener Kaiser; aus der Tiefe
Sieht Ludwig mich mit todten Augen an
Und murrt mit fahlen Lippen: „Du". Ja, ich denn!
Mit meiner Mutter rechtet, der Natur.
Auch sie trägt Blutschuld; eine jede Stunde
Sieht tausendfält'gen Tod, dem Schwächeren
Vom Stärkeren verhängt. — Und dies Wort „Schuld"
Ist nur der Seufzer der Ertrinkenden,
Die in dem Lebensocean der Kräfte
Zu schwach zum Schwimmen. — Du sei meine Göttin,
Die Du den Abgrund zwischen Recht und Unrecht
Im Löwensprunge überwältigst: That!

Zweiter Auftritt.

Judith (von links).

Judith.

O Herzog, er ist krank, zum Tode krank.

Bernhard.

Muth, theures Herz, ich weiß, daß er es ist,
Könige sind Menschen, Tod ist Menschenloos.

Judith.

Doch jetzt in dieser Stunde der Gefahren,
Wenn jetzt er stirbt?

Bernhard.

       So bist Du heute Abend
Die Mutter eines Kaisers.

Judith.

      Bernhard?

Bernhard.

            Hör':
Sag' Deinem Sohne, Alles ist bereit,
Das Heer ist unser, wenn sein Vater stirbt,
So ruf ich ihn zum Kaiser aus der Franken.

Judith.

Wär's möglich, Bernhard.

Bernhard.

       Mehr, es ist gewiß.
Gieß in das Herz ihm Deine Flammenworte,
Damit er stark sei — Muth — die Wogen rollen,
Noch einen Ruderschlag — wir sind am Ziel.

Judith.

Doch Karl — er fehlt seit gestern — weißt Du das?

Bernhard.

Was sagst Du mir?

Judith.

Er ließ das Roß sich zäumen
Und ritt hinaus zur Nacht.

Bernhard.

Höchst sonderbar —
Und kam noch nicht zurück?

Judith.

Ich sah ihn nicht.

Bernhard.

Er wird auf Kundschaft ausgeritten sein,
Ich gehe gleich und suche ihn im Lager;
Befürchte nichts.

Judith.

O wäre ich wie Du —
Bernhard, ich fürchte mich.

Bernhard.

Du fürchtest Dich
Und weißt ich lebe? Muth, geliebtes Herz,
Wer landen will, darf nicht die Brandung fürchten —
O Judith — bald ist nichts mehr, was uns trennt.

(Er führt sie nach rechts, dort verläßt er sie, indem er nach rechts abgeht, während
dessen erscheint)

Dritter Auftritt.

Karl (aus der Mitte und bleibt, Beiden nachsehend, stehen).

Judith (wendet sich, gewahrt ihn).

Ah — Du kamst wieder? (Geht auf ihn zu) Sprich, wo gingst
Du hin?

Karl (tritt einen Schritt zurück, da sie die Arme ausbreitet, um ihn zu umarmen).
Bernhard war bei Dir?

Judith.

Ja, er ging hinaus,
Im Lager Dich zu suchen; sag', wo warst Du?

Karl.
Bernhard war bei Dir?

Judith.

Also sagte ich.

(Pause.)

Judith.
Dein Aug' ist düster, was geschah dort draußen?
Du blickst mich an, als kenntest Du mich nicht?

Karl.
Die Augen sind's voll süßer Majestät —
Die Stimme — Alles ist's was ich besaß —
O nein — nicht wahr, Du bist noch meine Mutter?

Judith.
Welch' düstre Geister zeugte diese Nacht,
Die zwischen Dich und Deine Mutter traten?

Karl
Geister von Fleisch und Blut. — Er war bei Dir,
Was war's wovon Ihr spracht?

Judith.

Du warst es.

Karl.

Ich?

Judith.

Ja, trauter Sohn, Dein Heil und Deine Größe,
Die ihm am Herzen ruh'n.

Karl.

An seinem Herzen
Will ich nicht ruh'n! Verdammt sei der Gedanke!

Judith.

O, dies ist undankbare Unnatur!
Du weißt, was er gethan, so höre denn
Das Größte, was er Dir zu thun gedenkt:
Die Großen unsres Heeres sind gewonnen,
Bereit ist Alles, wenn Dein Vater stirbt,
So wirst Du Kaiser sein des Frankenreiches.

Karl.

Ah — sagt' er das?

Judith.

Er hat es mir gesagt.
O Du mein Kind, für das ich Jahre lang
In Angst gelebt, die Stunde ist gekommen,
Die all' mein Sehnen krönt in Dir — o Kind,
Vergälle nicht der Mutter diese Stunde!

Karl.

Und nannt' er auch den Preis für diese Krone?

Judith.

Den Preis? Was meinst Du?

Karl.

Mutter — was ich meine?

Judith.

Um Gott — was lauert Dir im Auge?

Karl.

Mutter,
Die Krone will ich nicht, die Du mir bietest,
Viel Höheres, Theureres verlang' ich!

Judith.

Was?

Karl (fällt vor ihr nieder, sie umschlingend).

Mutter, gieb meine Mutter mir zurück!

Judith.

Gott helfe mir!

Karl.

Weißt Du, was Du mir warst?
Dies Licht des Lebens, das Du mir geschenkt,
Es einte alle seine holden Strahlen
In einem himmlisch leuchtenden Juwel.
Dein Thun und Denken Muster war's des meinen,
Und wenn ich betete, so trat Dein Bild
Dicht neben Gottes Bildniß. Mutter — Mutter —
Gieb das mir wieder.

Judith.

Karl — verlorst Du es?

Karl.

Sage mir Du, ob ich es noch besitze!
War's Dankbarkeit, war's Mutterliebe nur,
Die Dir für ihn so heiß das Wort entflammte,
Oder —

Judith.

Karl! Karl!

Karl.

Oder — o einen Raum mir
Oede und leer, wo nie der süße Laut

Der Menschlichkeit erklang — oder ist's wahr,
Daß sich ein Räuber schlich in meinen Himmel?
Mutter, man sagt — weh', unter diesem Worte
Zerbricht die Zunge wie ein Scherben mir —
Mutter, man sagt mir, daß Du Bernhard liebst?

(Pause. Judith wendet sich zum Abgehen.)

Karl (springt auf).

Mutter!

Judith (bleibt stehen).
Darfst Du der Richter Deiner Mutter sein?

Karl.

Nacht, wirf dich über die entweihte Erde,
Das Heilige ist todt! So sei die Krone
Verflucht, die Ihr mir botet, und die Hände,
Die sie mir reichten —

Judith.
Karl — was thust Du mir?
Willst Du der Mutter fluchen?

Karl.

Sage „nein",
Und Segen einem jeden, der Dich segnet!
O, nur die Lippen rege, denn mein Herz
Spart Deinem Wort den Weg, und ruft „unschuldig".

Judith.

Denk', o gedenk', im Lauf so vieler Jahre
Wie viele Bitten hab' ich Dir erfüllt,
Für all' die tausende, nur eine einz'ge:
Karl, frage nicht!

Karl.
Ah!

Judith.

Bohre nicht die Augen
In's Herz, an dem ich Dich getragen!

Karl.

Ah!

Judith (sinkt in die Kniee).

Natur, sieh' mich nicht knie'u vor meinem Kinde
In Schmerzen gab ich Leben Dir, in Schmerzen.
Bewahrte ich Dein Leben unter Feinden,
Sei dankbar, Sohn; ich lernte Haß ertragen,
Nur Deinen nicht; Karl, Karl, nicht Deinen Haß.

Karl (tritt zurück).

Ich habe nichts zu schaffen mehr mit Dir.

Judith.

Das meines Kindes Dank!

Karl.

Dank Dir? Wofür?
Für diese Krone? Ah, des schändlichen
Ersatzes für mein Herz! Für dieses Leben?
O, eine Blume war's, die ihren Duft
Aus Deinem Leben sog — heut aus der Wurzel,
Aus der vergifteten sog es sich Gift.
Die Schuld ist abgetragen — Weib, steh' auf.

Judith.

Schrecklicher Sohn! Gott, sprich zu ihm!

Karl (zeigt nach links).

Sieh' dort hin
So redet Gott! — — Sieh an, o sieh ihn an,
Den alten, heil'gen Mann. — Mutter, o Mutter,

Heut' muß auch ich ihn hintergehen, komm,
Vor seinem Antlitz bin ich noch Dein Sohn.
(Judith erhebt sich, von Karl unterstützt.)

Judith.

Betrug ist seine Liebe, nur sein Haß
Ist Wahrheit — so erfüllte sich mein Sehnen.

Vierter Auftritt.

Kaiser Ludwig (auf Diener gestützt, von links zu den Vorigen).

Karl.

Fühlt sich mein gnäd'ger Herr und Vater besser?

Ludwig.

Ja — denn zwei Stunden näher meinem Gott.
Die Luft ist dumpf und schwer in diesem Zelte,
Oeffnet den Vorhang — o der Mattigkeit! —
(Läßt sich in einen Armsessel nieder, den Diener hereingetragen haben. Der Zeltvor-
hang wird aufgezogen.)
Wie schön die Erde ist — und wie so häßlich
Die Menschen auf der Erde. — Seht, der Tag
Kommt wie ein heiliger Apostel Gottes
Sanft und voll Frieden; seine lichten Füße
Sie werden waten durch der Menschen Blut,
Und wenn er schaudernd in die Nacht versinkt,
Dann wird das Angesicht des Gottgesandten
Unkenntlich sein durch Menschenfrevelthat. —
Vier Söhne hatt' ich — Gott ich danke Dir
Daß ihrer Einer meinen Tod nicht wünscht!

Karl
(kniet neben ihm nieder, während Judith sich über die Lehne des Sessels beugt).

Nein, theurer Vater, lebe! Laß mich nicht!
O, diese Stunde voller Schmerzen bricht
Die lang getragene Fessel kalter Sitte —
Du nicht mein Herr, nicht Kaiser, Du mein Vater,
O, dies mein Herz, das sich an Deines klammert,
Hält flehend Dich in diesem Leben fest!

Ludwig (drückt Karl an sich, streckt Judith die Hand zu).

Judith, hab' Dank, daß Du den Sohn mir schenktest.

Judith.

Danke mir nicht — o Ludwig — mein Gemahl!

Ludwig.

Ja, Ihr verliert heut' viel, Ihr meine Theuren.
Der Mensch braucht Liebe, wie die Blume Licht,
Das Herz, das Euch geliebt, nehm' ich hinunter
Und laß' Euch einsam in feindsel'ger Welt.
Allmächt'ger, der Du Berge rückst vom Ort,
Du kannst noch mehr, Du läßt das Herz des Menschen
Den weiten Weg vom Bösen geh'n zum Guten,
Gott, rühre meiner ältern Söhne Herz!

(Ein Hornruf hinter der Scene.)

Ludwig.

Horch — hörtet Ihr?

Karl (steht auf).

Gott hörte Deine Bitte
Und Gott erfüllte sie!

Ludwig.

Was bedeutet das?

Fünfter Auftritt.

Rudthardt, Ottgar, Humfried, andere Deutsche (aufgeregt von rechts).

Rudthardt.

Verzeiht den hast'gen Eintritt, gnäd'ger Herr,
Die beiden Kön'ge Ludwig und Lothar,
Verlangend Euer Angesicht zu sehn,
Sind vor dem Lager.

Ludwig (aufschreiend).

Meine Kinder kommen!

116

Karl.

Ja, diese Theile Deines Herzens, Vater,
Die sich in Haß und Hader losgerissen,
Ich bringe sie zurück in Deine Brust.
Kein Haß, kein Streit mehr — wir sind Brüder wieder
Und Friede, Vater, ist in Deinem Haus!

Sechster Auftritt.

Ludwig der Deutsche, Lothar, Bernhard, andere Deutsche (von rechts).

Ludwig der Deutsche.

Lebt unser Vater noch? Gott sei gepriesen,
Daß sich mein Knie vor ihm noch beugen kann!
(kniet nieder)
Schenk' Deinem Sohne Ludwig Deinen Segen!

Lothar (kniet nieder).

Vergieb auch Deinem ält'sten Sohne.

Kaiser Ludwig (richtet sich langsam auf).

Ach —
Ein König bin ich heut — denn ich bin reich —
(greift mit zitternden Händen um sich)
Legt meine Händ' auf Ihrer Aller Haupt —
(wankt)
Ach — meine Kinder — meine lieben Kinder —
(sinkt zurück, stirbt.)

Siebenter Auftritt.

Wala. Matfried. Hugo. (Eine große Zahl von Rittern und Edlen sind unterdessen eingetreten und füllen den Hintergrund.) **Karl, Ludwig** und **Lothar** (knieen am Sessel des Kaisers). **Judith** (lehnt über die Rücklehne des Sessels).

Rudthardt (kommt mit Bernhard in den Vordergrund. Ottgar, Humfried zu ihnen).

Rudthardt.

Was wird aus dem, was wir vorhin besprachen,
Da er mit seinen Brüdern sich versöhnte?

Bernhard.

Seid stark und fest, Lothar und Ludwig dürfen
Nicht lebend mehr hinaus aus diesem Zelt!

(Karl, Ludwig, Lothar erheben sich.)

Lothar.

Nun kraft des zwiefach heil'gen Rechts, das mir
Natur verlieh und dieses Reiches Satzung,
Leg' ich die Hand auf diese Krone.

(Berührt die Stirnbinde auf Kaiser Ludwig's Haupt).

Sprecht —

Soll dieses Zeichen heil'ger Majestät,
Das seinen altehrwürd'gen Platz verlor,
Auf meinem Haupte wieder Ruhe finden?

Bernhard.

Das soll es nicht!

Lothar (läßt die Hand sinken).

Wer sprach?

Rudthardt.

Er sprach für uns!

Wir wollen nicht, daß Ihr der Kaiser seid.

Bernhard.

Hier steht der Kaiser, den uns Gott bestimmte:
Karl, Judith's Sohn!

Alle Deutschen.

Karl sei der Frankenkaiser!

Bernhard.

Und Tod auf jeden, der sich widersetzt!

Rudthardt.

Tod Jedem!

Alle Deutschen.

Nieder mit den Söhnen Irmengard's!

Bernhard (tritt auf Kaiser Ludwig zu).

(zu Karl) Aus meiner Hand ward Euch die Königskrone,
Empfangt nun hier den dreimal heil'gen Reif. —

Karl.

Fort, Deine blut'ge Hand von meinem Vater!
Siehst Du nicht, wie der Todte auferwacht
Und wie die welke Hand, zur Faust geballt,
Nach Deinem mörderischen Herzen zuckt? —

Bernhard.

Das mir — von Euch — —

Karl.

Das Dir vom Sohne Ludwig's! —
Das Dir von dem, den du dreimal Verdammter
Zum Werkzeug Deiner Höllenpläne schufst!
Das Dir, Du Mörder meines Vaters! —

Judith.

Karl! —

Rudthardt.

Mörder? Was sagt Ihr? —

Ottgar.

Mörder? wessen?—

Humfried.

Wer?—

Bernhard.

Und wärst Du König der geschaff'nen Erde
Und nicht ein König nur durch meine Gunst —
Du sollst mir Rede stehn — (wirft den Handschuh hin)
Nimm auf mein Pfand! —

Karl (ruft).

Wo ist der Maure? Ruft Abdallah her!

119

Bernhard.

Abdallah? — Fluch und Hölle! —

Karl.

Kennst Du ihn? —

Achter Auftritt.

Abdallah (erscheint in der Zeltpforte).

Abdallah.

Hier ist Abdallah! — Wer verlangt nach ihm? —

Bernhard.

Schleichender Hund! —

Abdallah.

Bernhard, was schmähst Du mich?
Da Du mir danken solltest! — Dort sieh hin —
Pünktlich, wie Du befahlst, ist er gekommen,
Der Tod, den ich aus Afrika berief. —

Rudthardt.

Wem schufst Du Tod?

Ottgar.

Wer gab Dir Auftrag?

Abdallah.

Wißt:

Nicht in dem dunklen Schoße der Natur,
Im Hirn des Menschen ward der Keim geboren,
Der dieses Leben tödtlich überwuchernd,
Zu Tod den Kaiser streckte. — — Dieser da —
Bernhard von Barcelona ist der Mann —

Rudthardt (wüthend).

Nieder den Kaisermörder! —

Alle.

Nieder! — Nieder! —

Judith.

Sag', daß sie Dich verläumden, Bernhard!

Abdallah (mit gellender Stime).

Ach!
Die Buhle hört, die für den Buhlen spricht!

Judith
(sinkt am Sessel des Kaisers nieder, ihr Gesicht in die Hände gedrückt).

Karl.

Schurke! Ergreift den Mauren, schleppt ihn fort!
Gebt ihm zehnfachen Tod! —

Abdallah.

Hamatelliwa,
Du bist gerächt, nun lache ich des Todes! —
(Abdallah wird abgeschleppt, kurze Pause.)

Karl.

Ich weiß, es ist nicht Einer unter Euch
Der glauben könnte — — —

Lothar.

Nein, doch nach dem Recht
Laßt uns verfahren; und es scheint mir gut,
Daß Ludwig's Mörder falle durch den Spruch
Von Ludwig's Wittwe. —

Rudthardt.

Ja, das scheint mir auch! —

Alle.

Die Kaiserin soll richten!

Karl (halblaut zu Judith).

Hörtest Du, —

121

Judith (erhebt sich, von Karl unterstützt).

Ihr Herr'n — ich bin ein Weib — bin nicht geschaffen
Zu solchen schweren Dingen.

Wala.
Kaiserin,
Gekrönte Frauen tragen Mannespflichten.

Judith.
Und dieses — Urtheil — wäre —

Lothar.
Tod durch's Schwert,
Wie es dem Mörder zukommt.

Judith (lallend).
Tod durch's Schwert.
(Sie steht, die Hände in einander gekrampft; ihre Lippen bewegen sich lautlos; dann
wendet sie langsam das Haupt zu Bernhard hin.)
Bernhard — ich soll Dich — ach — —
(Sinkt ohnmächtig zusammen.)

Karl (stürzt zu ihr).
Mutter!

Bernhard (stürzt zu ihr).
Judith!

Karl (fährt zurück).
Vermaledeiter — fort von diesem Weib'.

Bernhard (knieend bei Judith).
Aus meinem Wege Du! Verderben Jedem,
Der mir mein Recht an diesem Weibe nimmt!
Mein war sie, eh' sie Eures Vaters war,
Mein ist sie heute und mein soll sie bleiben
Diesseits und jenseits, mag der Schlund der Hölle
Sich vor uns öffnen, jauchzen werden wir
In ihren Flammen, und Euch nicht beneiden
Um Euren Himmel!

Karl (reißt das Schwert heraus).

Wehr' Dich Deines Lebens!

Bernhard (springt auf, zieht).

Feuer der Hölle, stähle meinen Arm.
Judith, so räch' ich Dich an Deinem Sohne!

Lothar, Ludwig (ziehen).

Stirb, Schänder unsres väterlichen Bett's! —

Rudthardt (zieht).

Stirb, Kaisermörder!
(Sie bringen auf Bernhard ein, kurzer Kampf, Bernhard fällt.)

Bernhard.

O — —

Wala.

Das Urtheil Gottes!

Bernhard.

Zerrissen von der Karolinger Meute —
Die Flammen, die die Welt durchloderten
Erstickt vom Schwalle der Alltäglichkeit!
(Richtet sich halb auf, starrt auf Judith.)
Wer that mir das? Wer riß die todte Maurin
Aus ihrem Grab? Ihr wollt mich glauben machen,
Sie lebe — doch ich weiß es, sie ist todt!
Bleib — sie erhebt vom Boden sich — sie kommt —
Das todte Antlitz beugt sie über mich —
Hamatelliwa — o — kalt ist der Tod. — —
(Stirbt.)

Karl (wirft das Schwert weg).

Dich rufe nie mehr der Drommeten Stimme
Aus Deiner Scheide, Waffe des Gerichts —
In's Grab, in's Grab, wo unser Aller Ende. —
Die Welt ist todt. — Das schweigende Entsetzen
Sitzt auf den Trümmern und gebiert das Nichts.

Ludwig.

Bruder, Dir lebt Dein Bruder!

Lothar.

Hör' auch mich —
Reich' mir die Hand, mein Bruder.

Karl (zu Lothar).

Nein, Dir nicht. —
Nach Recht verfuhrst Du, sieh hier, was Dein Recht
An mir gethan hat — von der Stunde heut
Sei zwischen Dir und mir nur noch das Recht. —

(Kniet zu Judith, wendet sich zu den Anwesenden)

Der König hat gesprochen und gerichtet,
Geht, laßt den Sohn mit seiner Mutter sein.

Wala (tritt zu Karl).

Reißt vom Vergang'nen Eure Seele los —

(Zeigt hinaus.)

Dort ist das Licht, das Leben und die That.
Kommt, auf die Zukunft richtet Eure Augen,
Die Zukunft ist des Mannes wahre Zeit.

(Der Vorhang fällt.)

Ende.

www.ingramcontent.com/pod-product-compliance
Lightning Source LLC
Chambersburg PA
CBHW020753020726
47495CB00008B/2401